UNIDA A LA BESTIA

PROGRAMA DE NOVIAS INTERESTELARES®:
LIBRO 5

GRACE GOODWIN

BOLETÍN DE NOTICIAS EN ESPAÑOL

FORMA PARTE DE MI LISTA DE ENVÍO PARA SER DE LOS PRIMEROS EN SABER SOBRE NUEVAS ENTREGAS, LIBROS GRATUITOS, PRECIOS ESPECIALES, Y OTROS REGALOS DE NUESTROS AUTORES.

http://ksapublishers.com/s/c5

Copyright © 2018 por Grace Goodwin

Todos los derechos reservados. Ninguna parte de este libro puede ser reproducida o transmitida de ninguna forma ni por ningún medio, ya sea eléctrico, digital o mecánico, incluidas, entre otras, fotocopias, grabaciones, escaneos o cualquier tipo de sistema de almacenamiento y de recuperación de datos sin el permiso expreso y por escrito del autor.

Publicado por Grace Goodwin con KSA Publishing Consultants, Inc.

Goodwin, Grace
Unida a la bestia

Diseño de portada por KSA Publishers 2020
Imágenes de Deposit Photos: ralwel, Improvisor

Este libro está destinado *únicamente a adultos*. Azotes y cualquier otra actividad sexual que haya sido representada en este libro son fantasías dirigidas hacia adultos solamente.

1

Sarah, Centro de Procesamiento de Novias Interestelares, planeta Tierra

MI ESPALDA ESTABA TOCANDO algo liso y duro. Contra mi pecho había algo igual de duro, pero mientras lo tocaba con mis manos noté que era cálido. Podía sentir el latido de un corazón debajo de la piel empapada en sudor y oír el ronroneo de placer en su pecho. Sus dientes mordieron el sitio en el que mi hombro y mi cuello se unían; la sensación era intensa y un poco dolorosa. Una rodilla empujó y separó mis rodillas, y mis dedos de los pies apenas tocaban el suelo. Estaba muy *bien* acorralada entre un hombre, un hombre muy grande e impaciente, y la pared.

Sus manos se dirigieron hacia mi cintura, y luego más arriba, para sostener mis senos y pellizcar mis pezones endurecidos. Mi cuerpo se derritió al sentir sus hábiles manos, y me sentí agradecida por la pared y su firme soporte. Sus manos avanzaron, alzando mis brazos hasta que tomó mis dos muñecas con una de sus fuertes manos, y las mantuvo elevadas sobre mi cabeza. Estaba completamente inmovilizada. No me importaba. Debía importarme, pues no me gustaba que me tocasen, pero esto... Oh, cielos, esto era diferente.

Se sentía tan bien estar contra la pared.

No quería pensar en tomar el control, ni en saber lo que sucedería a continuación. Solo sabía que sea lo que sea que estuviese haciendo, quería más. Era salvaje, indomable y agresivo. La presión de su grueso miembro se sentía cálida contra la cara interna de mi muslo.

—Por favor —gemí.

—Tu coño está tan húmedo que gotea sobre mi muslo.

Podía sentir lo mojada que estaba; mi clítoris pulsaba, mis paredes internas se contraían con gran impaciencia.

—¿Quieres sentir mi polla llenándote?

—Sí —grité, asintiendo con la cabeza contra la dura superficie.

—Has dicho hace un momento que nunca te someterías.

—Lo haré. Lo haré —jadeé, yendo en contra de todo lo que conocía.

Yo no me sometía. Me valía por mí misma, me defendía con mis puños o con el filo de mis palabras. No dejaba que *nadie* me dijese lo que tenía que hacer. Había tenido suficiente de eso con mi familia, y no lo soportaría más. Pero este hombre... le daría todo, incluso mi sumisión.

—¿Harás lo que te diga?

Su voz era áspera y profunda, una combinación de un hombre dominante y excitado.

—Lo haré, pero por favor, *por favor*, fóllame.

—Ah, me encanta oír esas palabras en tus labios. Pero sabes que tendrás que calmar a mi bestia; mi fiebre. No te follaré solo una vez. Te follaré una y otra vez, con fuerza, justo como lo necesitas. Haré que te corras tantas veces que no recordarás ningún otro nombre que no sea el mío.

Entonces gemí.

—Hazlo. Fóllame.

Sus palabras eran tan obscenas que debí haberme sentido avergonzada, pero solo me calentaron más.

—Lléname. Puedo aliviar tu fiebre. Soy la única que puede hacerlo.

Ni siquiera sabía qué significaba eso, pero *sentía* que era cierto. Era la única persona que podía aliviar la impaciente cólera que se escondía dentro de él, bajo sus gentiles caricias, bajo sus suaves labios. Follar era una vía de escape para su intensidad, y era mi trabajo, mi rol, ayudarle. No es que fuese una molestia; estaba desesperada por que me follase. Quizás también tenía la fiebre.

Me alzó como si no pesara nada, mi espalda se arqueaba pues sus manos sujetaban firmemente mis muñecas, mis pechos sobresalían como una ofrenda mientras me retorcía para estar más cerca de él, para obligarle a que me llenase.

—Pon tus piernas alrededor de mí. Ábrelas, dame lo que quiero. Ofrécemelo.

Hincó sus dientes suavemente sobre la curva de mi hombro, y gimoteé con necesidad mientras su enorme pecho rozaba mis pezones sensibles y su muslo subía cada vez más arriba, forzándome a cabalgarlo, haciendo presión contra mi sensible clítoris en un despiadado ataque para hacerme perder el control.

Usando sus manos como palanca, elevé mis piernas y me posicioné sobre él hasta que sentí la cabeza de su enorme pene en mi entrada. Tan pronto como lo tuve en donde quería, crucé mis rodillas sobre la curvatura de su definido culo y traté de acercarlo a mí, de empalarme en él;

pero era demasiado grande, demasiado fuerte, y gemí con frustración.

—Dilo mientras te lleno con mi polla, compañera. Di mi nombre. Di de quien es la polla que te está llenando. Di el nombre de la única persona a la que te entregarás. Dilo.

Su miembro comenzó a introducirse en mí, separando mis labios vaginales y ensanchándome. Podía sentir su solidez, su calidez. Podía sentir el olor almizcleño de mi excitación; el olor a sexo. Podía sentir cómo su boca chupaba la sensible piel de mi cuello. Podía sentir la enorme fuerza de las manos con las que me sujetaba, y la sólida pared a mis espaldas que me impedía escapar de la dominancia de su vigoroso cuerpo. Podía sentir su fuerte erección mientras lo estrechaba con mis muslos. Sentía el movimiento de los músculos de su trasero mientras me embestía.

Eché mi cabeza hacia atrás y grité su nombre, el único nombre que significaba todo para mí.

—Señorita Mills.

Aquella voz era suave; tímida, inclusive. No era la *suya*. La ignoré y pensé en cómo su polla me estaba llenando. Jamás me habían agrandado tanto antes, y nunca había sentido el escozor que me provocaba, ni el placer de sentir aquella acampanada cabeza deslizándose dentro de mi sitio más sensible.

—Señorita Mills.

Sentí una mano sobre mi hombro. Fría. Pequeña. No era *su* mano, porque sus manos se habían posado sobre mi culo en el sueño, apretando y estrujando mientras entraba en lo más profundo de mí, inmovilizándome contra la pared.

Me desperté, sobresaltada, y aparté mi brazo de la sudorosa mano de un desconocido. Pestañeando un par de veces, comprendí que la mujer que estaba frente a mí era la guardiana Morda. No el hombre de mis sueños. Oh, cielos, había sido todo un sueño.

Jadeé y traté de tomar aire mientras la miraba fijamente.

Ella era real. La guardiana Morda estaba aquí conmigo en esta sala. No estaba siendo follada por un hombre dominante con una polla enorme, ni escuchaba las palabras de un amante exigente. Ella tenía la expresión de un gato estreñido, y quizás era la mirada en mi rostro lo que la hacía retroceder. ¿Cómo se atrevía a interrumpir un sueño como *ese*? El mejor sexo que había tenido ni siquiera se comparaba con aquello. Vaya, había sido un sueño caliente. Jamás había tenido ese tipo de sexo en el que golpeaban mi cabeza y me tiraban contra una pared, pero ahora quería tenerlo. Mi sexo se contrajo, recordando cómo se sentía ese miembro. Mis dedos ansiaban tocar esos hombros de nuevo. Quería envolver esa cintura con mis tobillos y clavar mis talones en ese trasero.

Esto era una locura, un sueño sexual. Aquí y ahora. Dios mío, qué humillante habría sido si fuese real. No, *era* humillante porque se suponía que me procesarían para luchar en las líneas de fuego de la coalición, no para un trabajo como actriz porno. Supuse que el procesamiento sería alguna examinación médica, implantes anticonceptivos, o quizás algún chequeo psicológico. Ya había estado en el ejército antes, pero nunca en el espacio. ¿Qué tan diferente podría ser? ¿Qué clase de procesamiento tenía la coalición para hacerme tener un sueño porno? ¿Era por ser mujer? ¿Querían garantizar que no me follaría a ningún soldado? Aquello era ridículo, pero, ¿entonces cuál sería la razón para aquel excitante sueño húmedo?

—¿Qué? —espeté, sintiéndome enojada todavía por haber sido apartada de aquel placer, y avergonzada de que me hubiera atrapado en un momento tan emocionalmente vulnerable.

Ella retrocedió, claramente poco habituada a la crudeza de los nuevos reclutas. Era algo extraño, pues se ocupaba de ellos diariamente. *Había* dicho que era nueva en su trabajo en el centro de procesamiento, pero qué tan nueva era, lo desconocía. Vaya suerte que tenía, probablemente era este su primer día.

—Siento haberla alterado.

Su voz era débil. Me recordaba a un ratón. Monótono cabello castaño oscuro, liso y largo. Nada de maquillaje, su uniforme la hacía lucir amarillenta.

—Su prueba ha sido completada.

Bajé la mirada, frunciendo el ceño. Me sentía como si estuviera en el consultorio del doctor con esta bata de hospital con logo rojo que se repetía como un patrón sobre el áspero material. La silla era como una de las que estaban en el dentista, pero las correas que sujetaban mis muñecas se sentían desagradables. Tiré de ellas, verificando su resistencia, pero no cedían. Estaba atrapada. No era una sensación que disfrutara, no en lo absoluto. Me hacía pensar en el sueño en el cual él había inmovilizado mis manos sobre mi cabeza; pero aquello lo había disfrutado. Bastante. Excepto cuando me había obligado a decirle que quería entregarme a él y darle el control. Eso no tenía sentido, porque *odiaba* darles el control a otras personas. Era yo quien conducía cuando salía con mis amigos. Era yo quien organizaba las fiestas de cumpleaños. Solía hacer las compras para mi familia. Tenía un padre, y tres hermanos; y todos eran mandones. Aunque me habían criado siendo tan mandona como ellos, jamás me permitían decirles qué hacer. Me molestaban, se burlaban de mí, y hacían huir a cualquier chico que estuviese remotamente interesado en mí. Se alistaron en el ejército, y yo fui la siguiente. Anhelaba tener el control tanto como ellos.

Ahora, con estas malditas ataduras me sentía atrapada. Inmovilizada y sin escape. Fulminé a la guardiana con la mirada.

Sus hombros se aflojaron, haciendo que se encogiera uno o dos centímetros.

—¿Mi examinación ha acabado? ¿No está interesada en mi puntería? ¿Combate cuerpo a cuerpo? ¿En mis habilidades como piloto?

Se relamió los labios y se aclaró la garganta.

—Sus... esto... sus habilidades son impresionantes, estoy segura de eso; pero a menos que sean parte de la prueba que acaba de realizar, entonces... no.

Mis habilidades de combate eran extensas, pues tenía años de experiencia, probablemente más que cualquier otro recluta de la coalición. Según lo que sabía, todas las pruebas eran realizadas por medio de simulaciones como la que acababa de experimentar; lo cual era extraño, pero quizás era más rápido que probar las habilidades de los soldados en el polígono de tiro o en una nave de verdad. ¿Esto del sexo era alguna clase de prueba nueva? No era ninfómana, pero tampoco rechazaría a un tío guapo si la ocasión lo permitía. Pero sabía que había una diferencia entre la cama y el campo de batalla. ¿Por qué tendrían interés en conocer mis inclinaciones sexuales? ¿Pensaban que una mujer humana sería incapaz de resistirse a un alienígena increíblemente sexy? Demonios, había estado cerca de hombres dominantes toda mi vida. Resistirme a ellos no sería ningún problema.

¿O era que estaban tratando de probar que había algo mal en mí, pues había imaginado a una mujer siendo dominada e inmovilizada contra la pared por un hombre impaciente y bien dotado? No me había obligado. No le temía. Yo misma lo había deseado. Le había *rogado* que me tomara. No ocurrió ningún estallido, a menos que tomaran en consideración el hecho de que casi me había corrido cuando tocó fondo en mi interior. Contraje los músculos de mi sexo nuevamente, lo vívido del sueño me hacía desear el calor del semen del hombre llenándome.

Ahora era yo quien se aclaraba la garganta.

Un nítido golpe a la puerta hizo que la guardiana se diera la vuelta con prisa.

Otra mujer con un uniforme idéntico entró a la sala, pero tenía mucha más confianza y un porte competente.

—Señorita Mills, soy la guardiana Egara. Veo que ha completado su prueba.

La guardiana Egara tenía el cabello castaño oscuro, ojos grises, y el porte y postura de una bailarina. Mantenía los hombros rectos y su cuerpo esbelto y erguido. Todo en ella expresaba a gritos que era educada, segura de sí misma, refinada. Exactamente lo contrario del barrio en el que había crecido. La guardiana dirigió una mirada a la tableta que traía con ella. Supuse que la inclinación de cabeza indicaba que estaba satisfecha, pero su expresión había sido cuidadosamente entrenada y no delataba nada.

Deseé tener la mitad de su compostura cuando sentí que mi gesto se torcía.

—¿Hay alguna razón por la que esté encadenada a esta silla?

Lo último que recordaba era estar sentada frente al ratoncillo —quien ahora se escondía, prácticamente, detrás de la confiada guardiana— y haber cogido una pequeña píldora que estaba en sus manos. Me la tragué con una taza de papel llena de agua. Ahora, debajo de mi bata estaba desnuda —podía sentir mi trasero contra el duro plástico—

y atada. Si necesitara tener algún tipo de vestimenta, no debería ser esta ridícula bata de hospital, sino un uniforme de guerrera para mi inducción como soldado de la coalición.

La guardiana me echó un vistazo y me obsequió una sonrisa eficiente. Todo en ella parecía ser profesional, a diferencia del ratón.

—Algunas mujeres tienen reacciones más fuertes al proceso. Las cadenas son para su propia seguridad.

—¿Entonces no le importará quitármelas ya?

Sentía que perdía el control con mis brazos inmovilizados. Si había algún tipo de peligro podía patear a mi atacante, pues mis piernas estaban sueltas, pero definitivamente verían una linda imagen cuando alzara mi pierna.

—No hasta que hayamos acabado. Es lo que dice el protocolo —añadió, como si eso cambiara algo.

Tomó asiento en la mesa que estaba frente a mí y el ratoncillo se alivió, sentándose a su lado.

—Debemos hacerle algunas preguntas de rutina para poder proceder, señorita Mills.

Traté de no rodar los ojos, pero sabía que las fuerzas armadas eran fanáticas del papeleo y la organización. No debería estar sorprendida de que una organización militar formada por más de doscientos planetas aliados tuviese algunos obstáculos que tendría que superar. Mi inducción en el ejército de los Estados Unidos había tomado varios días de papeleo, y eso había sido un país pequeño en un pequeño planeta azul de entre los cientos que existían. Caray, tendría suerte si el proceso de coalición de los aliens tardaba menos de dos meses.

—Bien —repetí, deseosa por acabar con esto.

Tenía a un hermano que encontrar, y el tiempo se estaba agotando. Cada segundo que permaneciera aquí en la

Tierra era otro segundo en el que mi demente y rebelde hermano podría hacer algo estúpido y acabar muerto.

—Su nombre es Sarah Mills, ¿correcto?

—Sí.

—No está casada.

—No.

—¿Tiene hijos?

Puse los ojos en blanco. Si tuviese hijos, no me ofrecería como voluntaria en el servicio militar del espacio exterior luchando contra los aterradores ciborgs. Estaba a punto de firmar sobre la línea de puntos para irme por dos años y jamás dejaría a ningún hijo. Ni siquiera por la promesa que le había hecho a mi padre en su lecho de muerte.

—No. No tengo hijos.

—Muy bien. Ha sido asignada al planeta Atlán.

Fruncí el ceño.

—Eso está muy lejos de las líneas de combate.

Sabía en donde se estaba produciendo el combate porque mis dos hermanos, John y Chris, habían muerto en el espacio, y mi hermano menor, Seth, aún estaba luchando.

—Eso es correcto. —Miró sobre mi hombro, y tenía una vaga expresión de alguien pensativo—. Si no me equivoco con la geografía, Atlán está a tres años luz de la base del Enjambre más cercana, aproximadamente.

—¿Entonces por qué me dirijo hasta allá?

Ahora era el turno de la guardiana de fruncir el ceño, sus ojos estaban fijos en mi rostro.

—Porque allí es donde está tu compañero asignado.

Me quedé boquiabierta y miré a la mujer; mis ojos estaban tan cargados de impacto que sentía como si estuvieran a punto de salirse de sus órbitas.

—¿Mi *compañero*? ¿Por qué querría un compañero?

2

arah

Mi tono de sorpresa y mi expresión horrorizada eran, claramente, una novedad para la mujer. Echó una mirada al ratoncillo, y luego a mí nuevamente.

—Bueno, esto... porque estás aquí para el procesamiento y emparejamiento del Programa de Novias Interestelares. A veces hay mujeres que tardan más que otras en recuperarse de la prueba y pueden despertar sintiéndose... confundidas. Sin embargo, es usted la primera mujer que olvida la razón por la cual vino aquí. Encuentro su pregunta preocupante. ¿Se siente bien, señorita Mills? —Se volvió hacia el ratón—. Llama a los otros. Me parece que necesitamos repetir el encefalograma.

—No necesito uno. —Me senté y luché contra las esposas, pero no podía moverme. Mi forcejeo hizo que las dos mujeres se quedasen rígidas sobre sus sillas, y continué—: Me siento bien. Creo que ella... —Abrí mi puño y apunté al ratón, quien se mordía su labio y apretaba el borde de la mesa—. Ha cometido un grave error.

La guardiana Egara se mantuvo imperturbable mientras sus dedos se movían en todas direcciones sobre la tableta. Transcurrió un minuto, y luego otro. Alzó la mirada para verme.

—Es Sarah Mills y se ha ofrecido voluntariamente para ser una novia en el Programa de Novias Interestelares.

Estallé en risas. Probablemente *era* algo bueno estar atada.

—Ni hablar. Soy la última persona que necesita estar con un hombre. Crecí con tres hermanos y un padre sobreprotector que estaban metidos hasta el cuello en mi vida personal. Eran endemoniadamente mandones y asustaban a cualquier chico de la Tierra que siquiera *pensara* en mí de alguna manera sexual.

Sí que descubrí como mantener ciertas cosas en privado, incluyendo a los hombres, pero ojos que no ven, corazón que no siente.

—¿Por qué motivo necesitaría un compañero?

—No sería alguien *de* la Tierra. —Levantó la voz el ratoncillo.

Girando la cabeza, la guardiana Egara fulminó al ratón con la mirada, y me sentí bastante impresionada. No conocía a muchas mujeres civiles que pudiesen dominar aquella mirada asesina. Sin embargo, la guardiana era toda una profesional.

—¿Entonces por qué está aquí?

La guardiana enfocó su atención en mí nuevamente y ladeó su cabeza como yo si fuese un enigma que estaba intentando resolver.

—Ahora me pregunto dónde es *aquí*, pero me ofrecí

voluntariamente para formar parte de los efectivos de la Tierra como soldado de la coalición.

—Pero es mujer —contestó el ratón, con los ojos muy abiertos.

Bajé mi mirada para contemplar mi cuerpo mientras respondía. Era fuerte, no esbelta. Mis huesos eran grandes, y había pasado casi tantas horas en la sala de pesas como los hombres de mi unidad. A pesar de todas las horas de entrenamiento, aún tenía curvas, suntuosas caderas y pechos grandes; y era imposible confundirme con un hombre.

—Sí, mis hermanos se complacían en recordármelo.

Pensé en ellos; dos ya se habían ido, y el otro estaba en el espacio luchando contra el Enjambre. En aquellos tiempos había detestado sus burlas, pero con John y Chris muertos, haría cualquier cosa —incluyendo luchar contra el Enjambre por mi cuenta— por tener a Seth fastidiándome. Seth aún estaba allí, en algún lado. Y yo le encontraría y le haría regresar a casa. Eso es lo que mi padre quería, lo que me había hecho prometerle antes de morir.

—Pero no hay mujeres voluntarias. —El ratón se movía incómoda, su rodilla izquierda se agitaba como un subibaja.

—Eso no es verdad —contestó la guardiana, con una voz nítida y enojada—. Este es tu segundo día en este trabajo, y por eso ignoras muchas cosas. Ha habido mujeres de la Tierra que se han ofrecido voluntariamente para luchar contra el Enjambre, aunque no han sido demasiadas. Señorita Mills, me parece que le debo una disculpa.

—Gracias.

Mis hombros se relajaron y sentía que podía respirar de nuevo. No quería ni necesitaba un compañero. No quería ir a Atlán. Quería y necesitaba ir a matar las cosas que habían matado a mis dos hermanos. Mi padre se revolvería en su tumba si abandonaba esta guerra y pretendía ser una mujer débil y asustadiza que necesitaba que un hombre cuidase de ella. No había sido criada de esta manera. Mi padre y mis hermanos se aseguraron de que supiese cómo cuidar de mí misma, y esperaban más de mí.

—¿Cuándo partiré? Estoy lista para luchar contra el Enjambre.

Sabía que la mayor parte de las mujeres racionales pensarían que había perdido la cabeza. ¿Quién rechazaría a una pareja perfecta, a un compañero que estaría total y completamente dedicado a mí por el resto de mi vida? ¿A un hombre fuerte que me daría hijos y un hogar, en vez de la batalla y, probablemente, la muerte?

Supongo que yo.

—Ha sido asignada a Atlán —aclaró—. Las pruebas han sido realizadas. Basándonos en su análisis psicológico y la examinación del programa de asignación, su pareja será elegida de entre los hombres solteros en el planeta Atlán. Allí las cosas se hacen de una manera un poco diferente...

—No. Pero... —interrumpí, pero no había terminado.

Suspiró y alzó su mano para detener cualquier argumento.

—Será transportada a otro planeta sin su consentimiento. Presumo que no lo tengo.

—No. No lo tiene —respondí, muy claramente—. No necesito un hombre alienígena, ningún... *compañero* diciéndome lo que tengo que hacer.

—Tendrá un oficial superior, probablemente un hombre, diciéndole exactamente lo que deberá hacer durante los próximos dos años —replicó el ratón.

Tenía razón, pero no le diría aquello. Además, había una enorme diferencia entre un compañero que, según las leyes de la coalición, estaría legalmente autorizado a darme órdenes por el resto de mi vida y un oficial superior que se marcharía luego de dos años.

—Haré lo que sea necesario para encontrar a mi hermano. Es el *único* hermano que tengo que ha quedado con vida luego de esta batalla con el Enjambre. Le he hecho una promesa a mi padre y *nada* va a impedir que cumpla mi palabra.

Las dos mujeres me observaron con los ojos abiertos, probablemente asombradas de mi vehemencia. No estaba de coña. Quería encontrar a Seth y quería matar tantos soldados del Enjambre como pudiese por haber matado a John y a Chris. El Enjambre no había matado a mi padre *de verdad*, peroel dolor por las muertes de mis hermanos ciertamente había contribuido a acabar con él.

—Muy bien —replicó la guardiana, moviendo su dedo sobre la tableta, lo cual hizo que las correas me soltaran—. Dado que no tengo su consentimiento en cuanto a ser una novia, puede ir al centro de pruebas del Batallón Interestelar y comenzar su procesamiento para ser juramentada.

Hablé mientras frotaba mis muñecas:

—Entonces, ¿todo ha sido para nada? ¿Tengo que empezar allí desde cero?

Suspiró.

—Me temo que sí. Lo siento.

—Mientras que todo este asunto del compañero esté aclarado, está bien.

Me sentía mejor al conocer la razón detrás del sueño sexual. Por un minuto, me había preguntado si existía una mujer reprimida y pervertida que no reconocía ocultándose en mi cabeza. Fue un alivio saber que no era mi culpa. No había hecho nada para que aquellas imágenes sexuales salieran a flote.

Me moví en la silla y puse mis pies sobre el frío suelo.

Mis piernas estaban temblando, pero me negaba a pensar en la razón de aquello. ¿Por qué tener una pareja mandona era más aterrador para mí que luchar contra unos despiadados, inhumanos ciborgs alienígenas?

Vale, para empezar, si un ciborg me hacía enfadar podía volarle la cabeza y marcharme. ¿Pero una pareja? Bueno, me haría enojar y tendría que quedarme con él por siempre, hirviendo como un volcán sin poder estallar... Y solo Dios sabía que tenía carácter. Me había metido en más de un lío. Pero eso también había salvado mi vida. Seth solía fastidiarme con eso, diciéndome que terminaría siendo inmortal solo porque era demasiado testaruda para morir.

—La acompañaré personalmente hasta allá para garantizar que esta vez esté, efectivamente, en el lugar correcto —me dijo la guardiana, pero observando al ratoncillo avergonzado—. Y que *todos* los protocolos hayan sido cumplidos al pie de la letra.

Le ofrecí al ratón una pequeña sonrisa.

—No sea demasiado dura con ella —respondí—. Es nueva. Y tuve un sueño espléndido.

Joder, ya lo creo que sí. Si el hombre al que habría sido asignada se parecía en algo al enorme y agresivo amante de mi sueño... Ese pensamiento hacía que mis pezones se endurecieran.

La guardiana enarcó una ceja.

—No es demasiado tarde para cambiar de opinión, señorita Mills. Debería saber que eso no ha sido un sueño, sino información del centro de procesamiento experimentada por otra novia durante su ceremonia de unión con un hombre de Atlán.

—¿Información de procesamiento?

La guardiana se ruborizó, sus mejillas se volvieron de un

color rosa brillante mientras trataba de asimilar qué significaba aquello *exactamente*.

—Sí. Cuando se les envía fuera de este mundo, a las novias se les implanta una unidad de procesamiento neuronal. Lo mismo con los soldados de la coalición. —Elevó su dedo y dio un golpecito sobre la huesuda prominencia sobre su sien, en el cráneo—. Le ayudará a aprender y adaptarse a todos los idiomas que existen en la Coalición Interestelar.

—¿Podré hablarle a cualquier persona?

—Sí. Pero eso no es todo. —Sus ojos se posaron en otro sitio, y luego volvieron hacia mí— Cuando una novia es reclamada por su pareja, la información sensorial, todo lo que ella ve, oye, y... siente —la guardiana se aclaró la garganta—, es grabado y usado para estimular mentalmente y procesar a las futuras novias con el fin de determinar su compatibilidad con los hombres y costumbres de ese planeta.

Dios.

—Entonces, no ha sido un sueño. ¿Estaba viviendo los *recuerdos* de otra persona? ¿Eso realmente sucedió?

La guardiana sonrió.

—Oh, sí. Exactamente como lo has experimentado.

—¿A otra mujer?

—Sí.

Vaya. No tenía idea de qué hacer con ese conocimiento. ¿Significaba esto que todos los hombres de Atlán eran tan dominantes como el del sueño? Había hablado de una fiebre, una ira que solo yo —o la mujer del sueño— podía aliviar. ¿Quería decir que estaba ardiendo por ella? Si era así como se sentía un sueño, solo podía imaginar lo increíble que sería si fuese real. Dios, aquel hombre, no era como ningún hombre que hubiese conocido en la Tierra. Ese sueño había sido más excitante que cualquier experiencia que hubiese tenido al llevar a un hombre a la cama.

Pero *era* un sueño, por lo menos para mí. No debía entretenerme con eso. Era un error. Solo lucharía con la coalición. Encontraría a Seth. No tenía tiempo para dejar que la lujuria me distrajese. Era lujuria pura e insensata. Pensaba en matar ciborgs, pero mis pezones aún estaban duros. Completamente inaceptable. Primero estaba el deber. Mi libido contenida tendría que esperar hasta que mi hermano estuviese a salvo en casa. Tenía que encontrarle, luchar junto a él, y terminar nuestros períodos de servicio. *Entonces* podríamos irnos a casa.

Levanté la vista para encontrar a la guardiana observándome fijamente.

—Aún puede cambiar de opinión, señorita Mills. Será asignada a un guerrero de Atlán. Será completamente suyo, con vuestros perfiles psicológicos y preferencias en armonía. Será totalmente fiel, leal y perfecto en todos los sentidos.

Recordé las fuertes embestidas del miembro del hombre, y la manera en la que había gemido y me había retorcido contra la pared mientras me tomaba. La poderosa tentación de ser querida, deseada hasta el punto de tener sexo salvaje, inundaba mi mente con anhelo. Podría tener eso. Podía tener uno de esos amantes fuertes y bruscos solo para mí...

No. De ninguna manera. No dejaría que mis hormonas me convirtieran en una idiota. Tenía un plan, un propósito. Necesitaba encontrar a Seth. No *necesitaba* a un hombre ardiente con una polla masiva que me hiciera correrme al tomarme con fuerza solamente. Suspiré. ¿Lo necesitaba? No. Pero, ¿*quería*...?

Joder. ¡Concéntrate! *El deber primero*. No sería débil. Solo me quedaba un hermano. Uno solo.

—No quiero una pareja, guardiana. Simplemente necesito llegar a las líneas de fuego y luchar junto a mi hermano. Le he prometido a mi padre que lo cuidaría y me aseguraría de que volviese a casa.

Suspiró, claramente decepcionada.

—Bien.

Dax, Nave de Guerra Brekk, Sector 592, El Frente

—Encuéntrale una compañera a este soldado y emparéjalo —bramó mi oficial superior, metiéndome dentro de la estación médica a bordo de la nave de guerra Brekk en el momento en el que las puertas de la sala se abrieron de par en par.

Todo el personal se dio la vuelta mientras la estrepitosa orden retumbaba en las superficies sólidas y esterilizadas de las mesas de examinación médica y las lisas pantallas de vidrio que recubrían cada centímetro cuadrado de las paredes. A lo largo de su superficie brillante había a la vista un caudal interminable de información médica, bioanálisis y resultados de las pruebas de los pacientes.

Un hombre con uniforme gris, usado por el personal médico auxiliar, dio un paso al frente.

—Necesitaremos que programe una cita...

—¡Ahora! —gritó el comandante Deek—. A menos que quieras tener a un berserker atlán en pleno ataque de furia asesina destrozando esta nave.

El oficial médico pegó un salto y asintió con la cabeza

mientras una doctora se apresuraba para hacerse cargo. Ella vestía el uniforme verde formal de todos los doctores de alto rango, pero era pequeña y delicada; no era lo suficientemente fuerte para detenerme si el desenfreno que sentía acumulándose dentro de mí estallaba. Contuve la furia en respeto a la pequeña mujer, sintiéndome agradecido de que el enorme doctor de Prillon que había advertido al otro lado de la estación médica no estuviese frente a mí ahora mismo. Mi reacción ante la mujer era reveladora. El comandante Deek tenía razón. Necesitaba una pareja para calmar a la bestia. No significaba que me gustara la idea.

—Eso puede esperar —refunfuñé, sin el más mínimo deseo de ser el centro de atención. El grave estruendo de mi voz era otra prueba más de lo cerca que estaba de perder el control. Había sentido la necesidad de aparearme por semanas, y la había ignorado. Siempre había otra batalla, otra colonia del Enjambre que destruir. Tenía trabajo que hacer, y mi cuerpo ya no me permitía hacerlo. En vez de esto, mi miembro y mi mente se habían puesto en sintonía para tener solo una necesidad: La necesidad de tener una compañera, de aparearme, de follar hasta que no pudiese ver con claridad. Necesitaba una compañera para que calmara a la bestia o la bestia me consumiría hasta que no quedase más de mí que un animal salvaje. Y ahora, todos los que estaban a bordo de esta nave sabrían lo mucho que necesitaba tener sexo. Aparearme o morir. Así era la vida para un hombre de Atlán. Éramos demasiado poderosos como para que nos permitieran ser salvajes. Si no conseguía a una compañera pronto, los otros guerreros atlanes se verían obligados a ejecutarme, tal y como debían hacerlo.

Sabía todo esto, y aun así realmente había creído que podría mantener la fiebre a raya por unas semanas más. Para ese entonces estaría en casa. Mi servicio a la coalición habría finalizado. Sería libre de buscar a cualquier mujer en mi planeta natal. Sería un vencedor, buscado y solicitado por las mujeres más inteligentes, más hermosas y más deseadas. Tan solo si pudiese llegar a casa.

—No tendría que espantar al personal si me hubieses contado que tu fiebre había comenzado —replicó, soltando mi hombro.

—No veo qué tiene que ver con mi desempeño en la última redada. La tengo bajo control.

—Te lanzaste directamente a nuestra línea de fuego y acabaste tú solo con un escuadrón completo de exploradores del Enjambre. Y a los dos últimos no les disparaste solamente. No, tu bestia exigió que arrancaras sus cabezas —se cruzó de brazos y frunció el ceño en mi dirección— No soy ningún comandante ignorante de Trión. Soy atlán. Conozco los síntomas, Dax. Tu bestia estaba a punto de dominarte. Ya es hora.

Bajé la mirada y observé mis palmas. Era tan letal como cualquier otro atlán, excepto por el hecho de que ninguna fiebre se había apoderado de mí, jamás. Los atlanes eran temidos en el combate, tenían fama de ser fríos y calculadores, y muy poderosos. Ningún guerrero atlán —o al menos, ninguno que no tuviese la fiebre— eliminaría a un soldado del Enjambre —o a tres— solo con sus manos. Lo considerarían un uso ineficiente de energía. Pero hoy había puesto mis ojos sobre mis enemigos y tenido un impulso incontrolable... esta *necesidad* primitiva de partirlos en dos. Y así lo hice.

Había advertido la intensidad de mi ira aumentando durante las últimas semanas, pero me había negado a creer que la fiebre fuese la razón de aquello. Ya era dos años mayor que la mayoría de los hombres que comenzaban a tener la fiebre, y simplemente había tratado de olvidar todo sobre esto.

—Deberías estar agradeciéndome por el número de bajas de hoy, no emparejándome con un alienígena.

Me empujó hacia la dirección que la doctora indicó, hacia otro miembro del equipo que había preparado una estación de pruebas para mí. El comandante Deek le dio las gracias e hizo que me sentase sobre la silla en el momento en el que ella se retiró para atender a sus otros pacientes.

—Te daré las gracias cuando tengas una pareja y sepa que no tendré que ejecutarte por haber perdido el control. —Entonces, su sonrisa burlona era tal como me la esperaba, tenía la satisfacción común de la victoria—. Admito que me dará pena que te vayas.

El hombre que tuviera la fiebre era relevado inmediatamente de sus deberes y era enviado a Atlán para que reclamase a una compañera. Su período de servicio luchando contra el Enjambre había acabado. El nuevo trabajo de ese hombre sería procrear; aparearse con su nueva pareja, como la bestia que era, hasta que tuviese a su hijo.

¿Retirarme y formar una familia mientras hubiese colonias del Enjambre activas contra las cuales luchar? No. No tenía deseos de hacer eso. Pertenecía a las líneas de fuego de la guerra, arrancando las cabezas de mis enemigos y protegiendo a mi gente. No necesitaba a una compañera, ni deseaba tener descendientes. Estaba satisfecho con mi vida tal como era. Aquí era un guerrero con un propósito. ¿Qué haría con una compañera? ¿Seguirla como un jovenzuelo enamorado, acariciando mi polla y desperdiciando horas valiosas tratando de convencer a una mujer alienígena de que no me tuviese miedo ni a mí ni a mi bestia? ¿Cómo se supone que haría eso?

Cuando un atlán se convertía en bestia, sus músculos

tenían el doble de su tamaño normal, sus dientes se alargaban como colmillos, y perdía casi toda su habilidad de hablar. ¿Qué haría una mujer alienígena con un atlán en un ataque de furia?

Necesitaba irme a casa y encontrar a una mujer de Atlán, una que no me temiese. Una mujer a la que no tuviese temor de partir en dos con mi gigantesco miembro y mi necesidad de dominarla totalmente; de cubrirla con mi cuerpo y follarla hasta que perdiese el conocimiento. La resistencia enojaba a mi bestia, y en el calor de una fiebre de apareamiento cualquier clase de rebelión o desobediencia por parte de una mujer se castigaría con severidad. Una mujer atlán reaccionaría bien a mi necesidad de tener el control, se humedecería dándome la bienvenida cuando le gruñera y separara sus piernas para mi impaciente miembro; sabría que su delicado cuerpo y su húmedo sexo me amansarían al final. Quizás incluso me permitiría dormir con mi cabeza sobre su suave muslo, como si fuese una almohada; con mi rostro junto al dulce aroma de su sexo mientras soñaba con follarla de nuevo.

¿Pero una mujer alienígena? ¿Qué estaría esperando? ¿A un hombre que soñara despierto, le escribiese cartas de amor y le diese resplandecientes regalos? No. En Atlán, sujetar las manos de una mujer sobre su cabeza y follarla contra la pared *era* una carta de amor. El regalo de un guerrero atlán para su esposa era atarla y lamer su sexo hasta que sus orgasmos la hicieran gritar y rogar para que él la follase. Mi polla se hinchó por las imágenes que tenía en la cabeza y cambié de posición, tratando de esconderle al comandante Deek mi condición. Le eché una ojeada a su rostro, a su ceja alzada, y reconocí la derrota. *Fiebre.* Simplemente no *podía* dejar de pensar en sexo.

—Permíteme regresar a casa. Puedo encontrar a una

compañera por mi cuenta —respondí, mientras me desplomaba en la silla de examinación.

Era reclinable, así que me incliné hacia atrás, me crucé de brazos y miré hacia el techo de metal apretando la quijada.

—No tienes tiempo para un cortejo formal en Atlán. Podría tardar meses. —Se sentó en un taburete cerca del borde de la mesa y me miró a los ojos—. Estarás muerto en una semana si no consigues una compañera. No tienes tiempo para cortejar y conquistar a una mujer atlán de élite, y podrías estar en el primer puesto de la lista para conseguir una compañera. Está claro que tu fiebre te da un puesto y una urgencia especial.

Lo miré con incredulidad, enarcando una ceja.

—¿Cortejar y conquistar? ¿Y quién ha dicho algo de una mujer de élite?

A estas alturas me conformaría con una prostituta en la franja exterior mientras que su piel fuese suave y su coño húmedo.

Rodó los ojos. Ningún guerrero regresaba a Atlán para conseguir otra cosa que no fuese una mujer de élite. Los hombres guerreros eran valiosas posesiones en Atlán; adinerados, influyentes y respetados. Las mujeres solteras, y sus padres, esperarían de mi parte un ritual de cortejo completo si regresaba a casa ahora mismo. Era comandante de las fuerzas terrestres, un señor de la guerra encargado de más de mil fuerzas de infantería y escuadrones de asalto. No era un soldado en su primer año regresando a casa con nada en las manos. El Senado de Atlán me homenajearía tras mi regreso con riqueza, propiedades y un título.

El comandante Deek estaba en lo cierto. Incluso si lograba transportarme a casa hoy, no aprobarían mi emparejamiento en meses. No tenía tiempo para las formalidades. No tenía tiempo para enamorar y cortejar a una delicada mujer de Atlán. Necesitaba algo rápido y obsceno. Necesitaba una mujer a la que pudiese montar y follar y dominar ahora mismo, una mujer que me salvara del borde del precipicio. Una mujer suave, serena, delicada y fértil, tal y como lo eran las mujeres en Atlán. Una mujer que pudiese acariciar mi bestia y calmar mi furia.

Me dio un leve golpe sobre el hombro cuando notó que ya no le prestaba atención.

—Escucha, Dax. Solo tomarás a una compañera una vez, y necesitas hacerlo bien. Incluso si estás emparejado con una alienígena.

La idea de que en realidad me *gustase* una compañera, una compañera extraterrestre, era muy improbable. Pero no necesitaba enamorarme. Solo necesitaba follarla. Bueno, no follarla solamente, sino tener una *conexión* con ella para satisfacer el hambre de contacto que mi bestia tenía; el hambre por las sedantes caricias de las manos de una mujer en mi cuerpo. Debería ser lo suficientemente simple.

—De acuerdo. Hazlo —dije, decidido.

Las esposas se elevaron y se cerraron alrededor de mis muñecas, inmovilizándome. La bestia que tenía en mi interior se enfureció al verse atada, pero permanecí en control. Por poco. Sabía que esta era la manera más rápida de solicitar una compañera, y me concentré en ese hecho por encima de todo lo demás hasta que la bestia se calmó; alerta, pero dispuesto a esperar.

El oficial médico adhirió sondas a mis sienes y comenzó a presionar todo tipo de botones en la pantalla que estaba sobre la pared, detrás de mi cabeza. Lo ignoré por completo. No quería un análisis paso por paso ni una explicación. Quería que terminara.

—No sentirá ningún tipo de dolor durante la prueba,

guerrero Dax —dijo el médico, mirando la pantalla y no a mí—. La unión toma varios factores en cuenta, incluyendo la compatibilidad física, personalidad, apariencia, necesidades sexuales, fantasías reprimidas, deseo sexual, probabilidad genética de producir descendencia viable...

—Comienza, basta de cháchara.

El hombre cerró la boca. El comandante Deek podía estar a cargo del batallón de Atlán, pero yo era un líder por derecho propio, y todos lo sabían. Incluyendo, al parecer, aquellos que estaban en la estación médica.

El hombre enfocó su mirada en el comandante Deek, quien asintió rígidamente.

—Muy bien. Cierre sus ojos...

―――

Abrí los ojos para descubrir al comandante Deek cerniéndose sobre mí. En su rostro severo se reflejaba un ceño fruncido, y me pregunté qué tan próximo estaría a tener su fiebre de apareamiento.

—Quizás deberías ser quien esté en esa mesa.

—No —gruñó, mirando al oficial médico que estaba de pie detrás de mí—. ¿Ya se ha hecho la unión? ¿O tendré que enviar al guerrero Dax a casa en el siguiente transporte?

Parpadeé un par de veces, tratando de recordar qué demonios me había sucedido. No recordaba mucho, aparte de los gritos desesperados de una mujer y el éxtasis de enterrar mi miembro muy dentro de un cálido y húmedo...

—Ya ha acabado. La unión está hecha.

La voz provenía de detrás de mi espalda, y no necesité girar la cabeza para saber que era el mismo médico que me había irritado antes al hablar demasiado. Pero esta vez necesitaba una explicación.

—¿Estás seguro de que has completado la prueba? —ladré—. No recuerdo nada.

Nada había sucedido, aunque ahora tenía unos recuerdos vagos en lo más profundo de mi mente y una polla terriblemente dura esforzándose por escapar de mis pantalones blindados. Me habían sacado del campo de batalla para traerme a la unidad médica, y el rígido revestimiento de la armadura hacía que mi erección fuese increíblemente dolorosa. Con mis manos inmovilizadas, no era como si tuviese, al menos, la oportunidad de mover mi maldito miembro a una posición menos agonizante.

El médico dio un paso al frente para pararse cerca de mi cadera, en donde podía verlo. Su voz sonaba vagamente monótona y rutinaria.

—Lo hemos inducido a una secuencia de trance. ¿Recuerda algo?

—No demasiado. Sombras. Los recuerdos son vagos —cerré mis ojos.

Recordaba estar sujetando a una mujer, sus gemidos de placer, las intensas embestidas con mis caderas mientras la bestia tomaba lo que le pertenecía.

—¿Sombras? ¿Es por eso que tu polla está más dura que mi pistola de iones? —comentó el comandante.

—La mayoría de los hombres no recuerdan mucho de la data de procesamiento. Sus altos niveles de violencia durante el apareamiento ritual suelen opacar la experiencia.

Traté de procesar lo que no estaba diciendo.

—¿Y las mujeres? ¿Pasan por el mismo proceso?

Asintió de forma entusiasta mientras retiraba un sensor de mi sien.

—Ah, sí. Pero las novias suelen recordarlo todo —se aclaró la garganta—. Hasta el más mínimo detalle sensorial.

El comandante Deek rio.

—Así que los hombres follan y se van, y las mujeres recuerdan cada detalle por siempre para poder usarlo en nuestra contra. —Me dio una palmada en el hombro, con fuerza—. Suena bien para una novia.

—Es un resultado consistente de esta prueba —comentó el hombre—, no una evaluación de las mujeres en general.

Cerré mis ojos y suspiré, ignorando el palpitante pulso de deseo en mi miembro. Si viese a mi compañera en este instante, y supiera que era mía, me bajaría de esta mesa, le arrancaría la ropa y la atravesaría mientras la inmovilizo debajo de mí en este duro piso; hasta que tenga tantos orgasmos que me ruegue para que me detenga.

Imaginé su perfecto culo desnudo, su sexo resplandeciente con mi semen mientras se alejaba arrastrándose, sus muslos suaves y redondeados, pálidos en comparación con el relajante color verde oscuro del ala médica. La dejaría arrastrarse un poco, haciéndola pensar que había terminado con ella y entonces la tomaría, la tumbaría sobre su espalda, colocaría sus piernas sobre mis hombros y la follaría otra vez, con mi pulgar sobre su clítoris, mientras hacía que gritara mi nombre. Para cualquier persona que no viniese de Atlán esto sonaría brutal, pero le dábamos a nuestras parejas lo que necesitaban; y necesitaban saber a quién le pertenecían.

Mi miembro palpitó y gruñí, impaciente por encontrarla, por follarla. Ahora que sabía que existía y que estaba lista para mí, la bestia forcejeaba aún más para ser liberada, para tomar lo que era suyo.

Estaba más cerca del filo de lo que creía. Con un acto supremo de voluntad frené mi necesidad y me concentré en la conversación que tomaba lugar cerca de mí, mientras el doctor le hablaba al comandante Deek.

—...A menudo es un signo de... compatibilidad antes de que el transporte de la novia se inicie.

—Iniciad con el transporte, entonces —gruñí—. Estoy listo.

El asistente del doctor se sobresaltó y comenzó a trabajar con una pantalla que estaba cerca de mis pies, su mirada se movía frenéticamente de un punto al otro mientras sus dedos se deslizaban rápidamente por todos los controles.

—Oh, esto... sí. Bueno.

Ladeé mi cabeza y lo observé. Era un guerrero grande, no del tamaño de un atlán ni de un soldado de Prillon, pero tampoco era pequeño. Había sido demasiado parlanchín, tal como la mayor parte del equipo médico solía serlo; pero no estaba hablando ahora, estaba aturdido por algún motivo. Aquí estaba yo, atado a esta mesa, dividido entre mi necesidad de follar a mi compañera y hacer pedazos a otro soldado del Enjambre mientras él tocaba los controles torpemente, como si jamás los hubiese usado antes. Su ineptitud no me facilitaba el mantener el control.

—Déjeme buscar a la doctora.

El hombre salió corriendo antes de que alguno de nosotros pudiéramos decirle algo. Regresó en unos segundos con la pequeña doctora; el estándar color verde oscuro resaltaba sus exuberantes curvas, contrario al color gris del asistente. Pero ya no podía hacer nada para respetar sus conocimientos o su experiencia, o el hecho de que probablemente me superaba en rango. Solo veía a una mujer que necesitaba que la follasen.

—Soy la doctora Rone. Acaban de comentarme que, aunque su unión ha sido realizada, hay una pequeña complicación.

Cerré los puños y luché contra las apretadas correas

mientras la bestia estaba hecha una furia, disgustada con las noticias.

—¿Cuál es esa complicación? —Mi voz sonaba atropellada y cortante.

La doctora se aclaró la garganta y bajó la mirada para ver un flujo de datos que aparecían en la tableta portable que tenía entre manos.

—Dax, señor de la guerra, su pareja asignada es una mujer humana de un planeta llamado Tierra. Su nombre es Sarah Mills. Tiene veintisiete años, es fértil y cumple con todos los requisitos del procesamiento de novias de la coalición, menos con uno.

Sarah Mills. Sarah Mills era mía. Miré la parte trasera de la tableta, ansioso por echarle un vistazo a mi compañera.

—Me gustaría ver su apariencia.

La doctora se encogió de hombros, como si fuese irrelevante para ella, y extendió la tableta para que pudiese ver a la belleza de cabellos oscuros que me observaba desde la pantalla. Era deslumbrante y elegante, con facciones delicadas, cejas arqueadas y una mandíbula marcada mucho más refinada que la de las mujeres de Atlán. Su largo cabello oscuro tenía ondas y caía justo debajo de sus hombros. Su boca rosada lucía lista para ser besada... o follada. Mi miembro se endureció mientras me imaginaba dentro de su boca. Estaba a punto de correrme allí mismo, en la mesa de examinación. La imagen de sus ojos, intensos y oscuros, hacía que mi fiebre fuese mucho más difícil de controlar. Era mía, y la quería ahora. En este maldito momento.

—¿En dónde está?

La doctora evitó mi mirada y dio un paso atrás, sosteniendo su tableta en actitud protectora alrededor de su cintura mientras miraba al comandante Deek, buscando permiso para hablar.

"¿Qué demonios sucedía con mi compañera?".

—¿En... Dónde...Está? —bramé la pregunta, y todos los rostros en la estación médica se volvieron hacia nosotros con curiosidad.

Me tensé mientras el doctor de Prillon se dirigía hacia nosotros, preparado para luchar conmigo si era necesario. Mi pequeña doctora lo alejó, aparentemente segura de que no ocasionaría ningún daño, a pesar de que estaba listo para destrozar esta nave si no me respondía.

El comandante Deek se frotó los ojos y negó con la cabeza. Los dos sabíamos que esto no sería bueno.

—Será mejor que nos lo diga, doctora.

La pequeña doctora mantuvo la compostura, lo cual era sorprendente, pues mi ira y frustración estaban activando las alarmas en la pared que sostenía el equipo de seguimiento biológico.

—Me temo que ha sido reasignada... A una unidad de combate.

3

ax

—¿Reasignada?

¿Qué? ¿Cómo una novia emparejada podía convertirse en otra cosa? Los protocolos de emparejamiento eran precisos y habían sido rutinarios durante cientos de años. Cuando una unión estaba hecha no era posible hacer ningún cambio, a menos que la mujer considerase que su compañero era inaceptable y solicitara estar con otro. Incluso en ese caso, el perfil psicológico que se usaba en el proceso garantizaba que a la novia se le asignara otro compañero del mismo planeta.

—¿Cómo es eso posible? —preguntó el comandante Deek.

—Su unión ha sido con una mujer de la Tierra. —La doctora reanudó la impasible lectura de la información que había en la tableta y movió sus dedos sobre ella un par de veces antes de mirarme nuevamente—. Al ser procesada para encontrar una pareja, usted aún no estaba en el sistema. Y puesto que la Tierra permite que sus mujeres sirvan en puestos de combate, ella ha elegido ser reasignada a una unidad de combate activa.

—¿Qué significa eso, exactamente? —Me temía que ya sabía la respuesta, y podía sentir mi furia en aumento. ¿Qué tipo de idiotas permitían que sus mujeres débiles, delicadas e indefensas lucharan? —. ¿En dónde está?

Los ojos de la doctora se llenaron de lástima, y la bestia se enfureció.

—Está en el sector 437, a cargo de su propia unidad de reconocimiento asignada al grupo de combate Karter.

—¿Mi *compañera* me ha rechazado para ir a las líneas de fuego a luchar contra el Enjambre?

Mi rugido hizo estremecer la silla que estaba debajo de mí, y sabía que si no me calmaba ahora mismo haría trizas esta estación médica y estaría un paso más cerca de ser ejecutado. El sector 437 era un conocido hervidero de actividad del Enjambre, lo había sido durante los últimos dieciocho meses. Esto significaba que cada minuto que estuviera sentado en esta maldita silla, mi compañera correría peligro. Las correas no estaban logrando que el monstruo que estaba en mi interior entrara en razón. Estaba esperando que mi compañera hubiese sido reasignada a una unidad estratégica o quizás a una de las naves defensoras que acompañaban a los cruceros civiles a través de zonas de vuelo relativamente seguras. ¡No en combate activo, encontrándose con el enemigo cara a cara! No en uno de los sectores más peligrosos del frente de la coalición.

Relajándome, repetí mi pregunta con un gruñido en voz baja.

—¿Me ha rechazado?

¿Cómo se atreve una alienígena de la Tierra a rechazarme y arriesgar su vida? ¿No sabía que había sido asignada a un señor de la guerra de Atlán? Ser mía era un honor por el que muchas mujeres atlán de la élite habrían luchado. Y, sin embargo, ¿esta mujer de la Tierra me había rechazado?

—No le ha rechazado personalmente. No sabía quién era su pareja. De hecho, ha sido procesada hace varios meses. Aparentemente hubo alguna clase de confusión por parte del centro de procesamiento en la Tierra. Resulta que ella jamás dio su autorización para ser una novia, así que le fue permitido retirarse del programa y pasar a ser una luchadora de la coalición.

Vi todo en rojo. La ira estremecía mi sangre con una furia intensa. Un gruñido se escapó de mis pulmones y me puse tenso, tirando con facilidad de las correas y rompiéndolas. La doctora y su asistente saltaron hacia atrás y todos en la sala comenzaron a revolverse.

—Maldita sea, Dax. Tienes que calmarte. ¡Cálmate! —gritó el comandante Deek.

Estaba de pie ahora, tiré de los cables que estaban conectados en mis sienes y cerré mis puños. Estaba respirando con dificultad, como si hubiese luchado contra una brigada completa del Enjambre.

—Encuéntrale otra compañera.

El comandante Deek extendió su mano en mi dirección; su tamaño y mi respeto por él eran las únicas dos cosas que me mantenían en mi sitio, y la doctora negó con la cabeza.

—No puedo. No funciona así. No sé por qué no fue retirada del sistema cuando fue transferida a la unidad de batalla. No soy parte de la unidad de procesamiento de novias. No tengo la autoridad ni la capacidad de cancelar un emparejamiento o reasignar una novia. Aquí recibimos novias; no las procesamos. Tendré que requerir una investigación formal de los eventos que han sucedido para crear esta complicación durante su procesamiento en la Tierra.

La doctora se cruzó de brazos y fijó su mirada en mí, como si ver a un guerrero atlán en pleno ataque de furia en su estación médica no fuese un hecho inusual. Era eso o la mujer era demasiado valiente para su propio bien. Mirándola más de cerca, noté que la doctora no lucía muy diferente a mi compañera.

—Te pareces a ella. A mi compañera.

La doctora extendió su mano.

—Melissa Rone, de Nueva York. —Cuando simplemente me quedé observando su mano tendida, la dejó caer a un lado—. También vengo de la Tierra. Mi compañero principal es un capitán de Prillon.

Quería arrancarles la cabeza a todas las personas vivientes en esta sala, ¿y ella me tendía la mano? ¿Esta mujer humana, de largo cabello y ojos oscuros, similares a los de mi compañera, era temeraria o estúpida?

—¿Conoces a mi compañera?

—No. Soy de Nueva York, ella es de Miami. Mi padre era de Corea, y parece como si ella tuviese ascendencia griega o quizás italiana. Aunque crecimos en el mismo continente.

—Eso no me dice nada.

—Encuéntrale otra pareja. No puede esperar dos años hasta que su servicio militar haya acabado.

Había olvidado por completo la presencia del comandante Deek mientras analizaba a la mujer, pero estaba de pie por encima de mi hombro, con dos guerreros de Atlán cerniéndose sobre la pequeña y voluptuosa mujer. Frunció la boca, y sabía que no me gustaría lo que iba a decir.

—No hay otra pareja. Es la única pareja para él. El sistema no presentará otra alternativa compatible a menos que ella le acepte primero, pase por el período de prueba de treinta días y solicite un nuevo compañero. Eso o que sea eliminada del sistema.

Eliminada significaba muerta. Muerta en combate.

La doctora sonrió y una mirada de complicidad destelló en sus ojos.

—Aunque si logra poner sus manos sobre ella, imagino que no querrá dejarlo cuando terminen los treinta días.

Imaginé a sus dos guerreros prillon compartiéndola entre sí, la imaginé rogándoles que la tomaran, y le sonreí. Quizás una mujer humana podía controlarme, después de todo, si mi compañera resultaba ser una alienígena tan atrevida como esta. Necesitaba encontrar a mi compañera. Necesitaba follarla. La quería ahora, con una pícara sonrisa en su rostro y un coño húmedo listo para mí.

La doctora continuó:

—Podría realizar la prueba mil veces y los resultados serían idénticos. El sistema dará el mismo resultado. Ella es su única compañera.

La mano de mi comandante impidió que comenzara a romper cosas.

—Doctora Rone, está claro que este atlán tiene la fiebre de apareamiento y no tiene tiempo para viajar a su planeta natal y encontrar una pareja alternativa.

Mi cuerpo estaba vibrando con la necesidad de destruir algo, de golpear algo, y la doctora me analizó con una intensidad e inteligencia en sus ojos que hallé desconcertante, como si pudiese ver mi alma. El comandante Deek continuó cuando ella hizo silencio:

—Necesita que su compañera alivie esa fiebre, que atenúe su obvia... intensidad. Transpórtelo inmediatamente a donde ella esté. Necesita reclamarla o *morirá*.

La doctora me miró, y luego miró al comandante.

—Transportar a un guerrero de Atlán con la fiebre hacia

otro grupo de combate está en contra del protocolo. Podría acabar con un escuadrón completo antes de que lo maten.

Un gruñido se escapó desde lo más profundo de mi pecho, y avancé hacia ella.

—Envíame con ella ahora. Ella es *mía*.

La doctora rio.

—No, no lo es. Le pertenece al grupo de combate Karter por los siguientes... —Bajó la mirada hacia su tableta rápidamente y luego volvió a mirarme—. ...Veintiún meses.

El comandante Deek se puso justo delante de mí y me hizo retroceder, una, y luego dos veces. Era tan alto como yo, y se cernía sobre el doctor. También era una de las pocas personas a las que les permitía empujarme sin matarlos, especialmente ahora, mientras luchaba contra la furia asesina que me provocaba el saber que mi compañera estaba en peligro.

—Hay una alternativa, una laguna que podrías usar para reclamarla.

Le gruñó a la mujer por encima de su hombro.

—Para de torturar al hombre y dile qué hacer.

Ella asintió.

—No me asustan los hombres grandes y gruñones, comandante Deek. —Alzó una ceja para hacer hincapié, antes de acabar con mi sufrimiento—. Según el reglamento de la coalición, si ella acepta convertirse en su compañera puede solicitar ser transferida inmediatamente al programa de novias. Estaría libre de todas sus obligaciones militares al instante.

Al fin, la mujer la decía algo razonable. Mi fiebre servía para poner fin al servicio militar si escogía seguir la tradición atlán. Igual para mi compañera, si se ofrecía como voluntaria para el programa de novias.

—Bien. Envíame con ella. Ahora.

No estaba feliz con estos cambios inesperados, pero todavía podía reclamar a mi compañera. Así como me sentía, no sería demasiado difícil viajar hasta su sector y matar a algunos soldados del Enjambre mientras la hallaba. Luego la castigaría por haber puesto su vida en peligro.

—¿Tienes sus coordenadas exactas? —pregunté, mirando a la doctora sobre el hombro de mi comandante.

Me preguntaba si sería capaz de mentirme, pero me sentí aliviado cuando no lo hizo.

—Sí.

A todos los ciudadanos de la coalición se les rastreaba en todo momento.

—Transpórtame hasta allá. Ahora.

—Necesitará los brazaletes.

El asistente se acercó a mí y me los ofreció, pero entonces cambió de parecer y se los entregó a la doctora antes de escabullirse. Estas eran los brazaletes de unión, y eran la última cosa que quería ponerme. Además de ser un signo externo —y obvio— de que un atlán estaba emparejado, ayudaba a los hombres a estrechar los lazos con sus compañeras asignadas al garantizar que hubiese un contacto directo entre los dos. Cuando le colocara los brazaletes en sus muñecas, ya no podría estar a más de cien pasos de distancia de mí hasta que la fiebre hubiese pasado.

Hasta hacía una hora, había temido tener que usar estas estúpidas cosas; nunca me había interesado el tener una pareja o ser controlado de alguna manera por la tecnología de los brazaletes. Ahora, todo había cambiado. ¿Era que me habían hecho algo mientras dormía? ¿Por qué ahora necesitaba ir a encontrar a la mujer a la que fui asignado, mantenerla a salvo, y luego hacer que su culo se volviese de un color rojo ardiente, para que supiera quién estaba a cargo de su seguridad... y otras cosas similares?

Extendí mi mano y cogí los brazaletes, colocándomelos. Eran una gruesa banda de color dorado que provenían de las minas más profundas de Atlán, y tenían una fina franja de sensores en la parte interna que estaba siempre en contacto con mi cuerpo. Monitoreaban constantemente mi salud física, y también actuaban como medios de comunicación con los sistemas de Atlán que eran necesarios para el transporte, para comprar productos, transferir títulos y cualquier otro aspecto de la vida en unión con una compañera; si era que continuaba utilizándolos luego de que la fiebre hubiese sido aliviada. Sobre todo, me aliviaban un poco de la fiebre, pues ponerme las esposas en las muñecas demostraba que había escogido a una hembra. Yo era, probablemente, el único atlán en toda la historia de nuestro mundo que tenía que perseguir a su compañera, quien luchaba contra el Enjambre en las líneas de fuego.

Se convertiría en una leyenda mucho antes de que volviésemos a mi mundo. Nuestras mujeres no luchaban. Jamás.

Eso me hacía pensar. ¿Con qué tipo de mujer estaba a punto de unirme? La idea de tener una novia guerrera debería disgustarme, pero la imaginaba en medio de la intensidad del combate, con fuego en sus ojos y un grito de ira femenino, casi idéntico al sonido que haría cuando la hiciese gritar de placer al cabalgarme. Quería que me diese ese fuego temerario, esa furia, para así poder sujetarla y dejar que se retorciera y rogara por un orgasmo.

Maldición. Mi polla estaba tan dura como una roca, y no se sentía muy cómodo dentro de mi armadura.

Coloqué un brazalete alrededor de mi muñeca izquierda, e hice lo mismo con la derecha, ajustando las correas. La unión había sido hecha, y ya habían identificado a mi compañera. No había vuelta atrás. Lucharía hasta más no poder, y luego llevaría a mi novia a casa. Envejecería y engordaría en Atlán con una mujer hermosa y bien follada a mi lado. Sentí lo ceñido de los brazaletes; sentí el peso y la firmeza de mi decisión y la dejé posarse sobre mis hombros, como un manto. Respiré hondo una y otra vez, y gruñí cuando los brazaletes estuvieron ajustados.

La doctora me ofreció un juego de brazaletes idénticos y más pequeños, para mi novia, y los coloqué en la correa que estaba alrededor de mi cintura. Se los pondría y estaría exonerada del ejército inmediatamente. Para su comandante esto sería un signo evidente de su estado sentimental, una señal de que me pertenecía. A pesar de que solo reclamarla no formaría un lazo entre nosotros —eso solo se lograría si follábamos hasta que la bestia que estaba dentro de mí saliera, mientras teníamos ambos brazaletes puestos en nuestras muñecas—, el saber que estaba esperando por mí, que me necesitaba, que podría estar bajo fuego en este mismo instante me hacía sentir impaciente por reclamarla.

—Envíame ahora, antes de que acabe con esta nave.

Mi compañera, al ser un soldado, estaba en constante peligro. Caminé hasta la plataforma, que estaba situada en el rincón más alejado de la estación médica, e hice crujir mi cuello mientras esperaba que alguno de los encargados del transporte transmitiera las coordenadas a los transportadores centrales del sistema. Usualmente, nada que no fuese masa biológica podía pasar por medio del sistema de transporte, pero para ir a las líneas de fuego, como medida de seguridad, todo se transportaba. Incluyendo la armadura y las armas. Acaricié la pistola de iones a mi costado y revisé que el cuchillo estuviese del otro lado. Todo perfecto.

—Buena suerte, Dax.

—Regresaré —dije, contemplando la expresión de asombro del comandante Deek, y entonces ladeé la cabeza en dirección al doctor—. No veo ningún motivo para volver a casa. Cuando mi compañera esté a salvo y mi fiebre haya pasado, me radicaré en la nave de guerra Brekk junto a ella y continuaré luchando, tal como lo hacen los guerreros de Prillon.

Una mujer atlán jamás accedería a tener ese tipo de vida, una vida que gire en torno a la guerra, pero no estaba dispuesto a dejar de luchar contra el Enjambre, y mi novia no tendría esa posibilidad. La reasignarían para cuidar de los niños o para hacer algún otro trabajo sin riesgo junto a las otras mujeres en la nave. ¿Y yo? Yo la follaría todas las noches y acabaría con guerreros del Enjambre todos los días. Sería perfecto, una vez que la encontrara y follara hasta volverla sumisa; una vez que me quitara, con el sexo, la fiebre que hervía en mis venas.

Sarah Mills, Sector 437, unidad de reconocimiento 7—Rescate del carguero 927-4, en manos de los equipos de exploración del Enjambre

Miré a través de la mira de mi rifle de iones, observando cómo nueve exploradores del Enjambre circulaban por el almacén con una precisión robótica. El Enjambre había invadido y ocupado el carguero de la coalición hacía dos horas; la llamada de socorro de la tripulación todavía se reproducía en mi mente como si fuese un disco rayado. El piloto de la nave pequeña había muerto, gritando, mientras yo lo oía en la sala de informes. Los ocho soldados de la coalición que habían sido asignados a este pequeño carguero o bien estaban muertos o habían sido transportados a una estación de integración en alguna colonia del Enjambre. No podíamos salvarlos, pero podíamos impedir que el Enjambre se hiciera con los arsenales de armas y la materia prima de la bodega.

Apartando mi ojo de la mira de la pistola de iones, centrada en la cubierta superior del almacén, hice una seña con dos dedos para que mi equipo de doce soldados se dividiese en tres y se desplazase silenciosamente alrededor del perímetro, para así poder rodearlos desde arriba y liquidarlos como moscas. Habíamos hecho esto miles de veces en este último mes, y los soldados de mi unidad se movían como fantasmas alrededor del aparejo de la sala, preparando sus láseres.

Me tomó un mes de capacitación general estar preparada para luchar contra el Enjambre. Todos los reclutas de la coalición que la Tierra enviaba a los batallones debían tener experiencia militar previa —en el ejército terrícola—. No tenía importancia el país por el que lucharan, solo importaba que tuviesen un entrenamiento extenso en las destrezas tácticas, físicas y cualquier otra que necesitaran para luchar contra el Enjambre. No había ninguna ama de casa, ni ningún empleado del túnel de lavado de coches en la flota de la coalición. Aquello me tranquilizaba, pues había estado en las fuerzas armadas durante ocho años. No necesitaba que un novato me disparase en el culo. Ni tampoco morir solo porque un niñato sin experiencia entró en pánico al ver a los soldados ciborg de metal.

El Enjambre lograba que las viejas películas de *Terminator* parecieran películas malas de ciencia ficción de los cincuenta. Esos ciborgs eran lentos en reaccionar y eran más máquinas que humanos.

El Enjambre era mucho peor; ágiles y rápidos, no tenían encima pedazos de metal ni iban por allí pisoteando con sus *moon boots* hechas de hierro. No, eran rápidos, extremadamente inteligentes y, si vestían con ropa de civiles, podían confundirse con seres biológicos si uno no se percataba del tono metálico de su piel y ojos.

Los ciborgs del Enjambre que creaban con los guerreros de Prillon capturados eran los peores; enormes, malvados, y casi imposibles de matar sin dispararles varias veces.

Pero teníamos a aquellos idiotas gigantes de nuestro lado, también. Por suerte.

Observé en silencio mientras la unidad de reconocimiento 4, la unidad de mi hermano Seth, se movía con sigilo en el perímetro del nivel inferior, copiando nuestro posicionamiento para asegurarse de que ninguno de los soldados del Enjambre pudiese escapar por los corredores del nivel inferior cuando comenzáramos a sacarlos desde arriba. Reconocí los movimientos de mi hermano fácilmente, a pesar del blindaje que lo camuflaba. Solíamos escabullirnos en el bosque desde que habíamos aprendido a caminar; y lo miré, sintiendo el corazón en la boca mientras se acercaba a uno de los ciborgs que parecía estar rastreando el inventario.

Seth dejó de moverse, mezclándose con las sombras detrás del explorador, y solté el aire que había estado conteniendo.

Había tardado ocho semanas en encontrar a mi hermano. Cuatro de esas semanas las pasé entrenando; las misiones estaban basadas en nuestra experiencia militar previa. Los soldados de la Tierra eran enviados en naves a lo largo de toda la galaxia para luchar contra el Enjambre. En cuanto a mí, había ayudado que, además del servicio militar, hubiese tenido dieciocho años de *entrenamiento* que me habían dado mis hermanos y mi padre en los pantanos de Florida. Me habían enseñado defensa personal y otras habilidades que nunca consideré útiles —no hasta que enfrenté al Enjambre—. Podía disparar mejor que la mayoría. Podía jugar más sucio que el resto. Joder, incluso podía pilotear mejor que los demás. Ya que era la única mujer en mi unidad de reconocimiento, los hombres habían pensado que me derrumbaría a lloriquear del miedo; pero me había defendido sobradamente.

Demonios, cuando finalmente conseguí llegar a las líneas de fuego —¿había sido hace cuatro semanas ya?— tres de mis nuevos colegas reclutas sufrieron crisis nerviosas y tuvieron que ser enviados a casa antes de nuestro primer combate. Luchar contra el Enjambre no era *nada* similar a lo que ninguno de nosotros había experimentado en la Tierra, y seis reclutas de mi primera unidad habían muerto en su primera escaramuza. La mitad de la brigada. Muertos.

Ninguno de mis hombres me ponía en duda ahora, pues no solo había salvado a los otros cinco solo con mi buena puntería, sino que habíamos rescatado ese carguero de las manos de doce exploradores del Enjambre, salvamos la nave, y había llevado a la brigada a casa. Bueno, lo que quedaba de ella. Mi análisis y estrategias de batalla habían hecho que los comandantes superiores se fijaran en mí. Para mi segundo día ya había sido ascendida, y ahora estaba a cargo de mi propia brigada, tal como mi hermano. La unidad 7 y la unidad 4. Sarah y Seth. Siempre que podíamos aceptábamos las misiones juntos, sobre todo porque Seth y yo queríamos vigilarnos el uno al otro.

Levanté mi puño oscuro, cubierto por mi guante; cerré la mano mientras el último de mis hombres se colocaba en posición. Cuando abrí mi puño, comencé a hacer una cuenta regresiva desde cinco que indicaría el inicio de nuestro ataque. Si las cosas salían bien, esto habría acabado en menos de un minuto.

Si no lo hacían... Vale, prefería no pensar en eso.

Seth alzó su puño, imitándome para que su brigada, quienes estaban fuera de mi campo de visión, lo viera.

Estábamos preparados.

Los escuadrones pequeños como los nuestros estaban conformados en su mayoría por humanos de la Tierra. Éramos bajos, crueles, y podíamos acceder a lugares estrechos a los que los corpulentos prillones, atlanes y otros guerreros gigantes no podían. Nosotros, los humanos, éramos también más frágiles, y no podíamos sobrevivir al combate terrestre en algunas de las superficies más hostiles de los planetas. Estaba perfectamente feliz escabulléndome y matando a los ciborgs en cuarteles estrechos en vez de enfrentarme a gigantes de dos o dos metros y medio sobre el terreno.

No; los humanos, en su mayoría, eran asignados a unidades de reconocimiento; fuerzas pequeñas y estratégicas colocadas en zonas de alto riesgo cerca de un combate, en el que podíamos mezclarnos con las otras unidades para formar un grupo de combate más grande, usualmente detrás de las líneas enemigas o en misiones como esta en la que nos colábamos y recuperábamos lo que es nuestro.

Los ojos de mi hermano se cruzaron con los míos, y me obsequió una amplia sonrisa. Mi corazón dio un vuelco doloroso. Lo había extrañado. Su cabello oscuro, del mismo color que el mío, tenía un corte militar. Aunque yo había heredado la estatura de mi padre, Seth era un palmo más alto que yo. Se veía en forma, descansado. Aparte de la tensión de la batalla reflejada en su rostro y el constante conocimiento de sus alrededores, perfeccionado por el ejército, lucía exactamente igual que cuando se había ofrecido voluntariamente para ir al batallón con Chris y John.

Lo había encontrado. Lo hice. Había cumplido con la

promesa que le había hecho a mi padre en su lecho de muerte y había encontrado a Seth. Aunque no podía llevarlo a la Tierra —todavía teníamos tiempo de servicio activo— podía estar cerca de él, e incluso pelear junto a él, como lo había hecho hoy.

Una fuerte explosión sonó sobre nuestras cabezas, y me lancé al suelo, mirando a los tres soldados que se escondían conmigo para saber si ellos sabían qué estaba sucediendo. Todos me miraron con una expresión en blanco, estupefactos, pero mantuvieron silencio de radio.

¿Qué demonios era eso?

Los ciborgs estaban corriendo y se podían oír disparos desde abajo. El silencio de radio acabó cuando Seth dio órdenes.

—¡Fuego! ¡Fuego!

El siseo de los láseres de iones se oía en el aire junto con los gritos de dolor de algunos de nuestros hombres. La pantalla dentro de mi casco marcó a dos de mis hombres como bajas.

"Maldición. Maldición. ¡Maldición!". Todo se estaba viniendo abajo.

—Mitchell y Banks están abajo a la izquierda. Vosotros dos, id por el flanco izquierdo. —Señalé la dirección en la que quería que mis soldados fueran—. Sacadlos de allí.

Se marcharon y me dirigí a Richards, mi mano derecha.

—Sigue derecho, pero no comiences a disparar hasta que realice fuego de cobertura. Averigua qué rayos nos ha caído encima.

—Sí, señor.

Richards se marchó, corriendo medio agachado, y alcé la cabeza sobre la barandilla de la galera para tratar de comprender qué estaba sucediendo.

—Reportaos. Todos vosotros. Habladme. ¿Qué cojones está pasando?

Verifiqué mis armas mientras mi brigada se reportaba. Un transporte no autorizado acababa de realizarse.

—¿Seth?

La voz de mi hermano llegó desde el claro.

—Un bastardo gigantesco ha caído de encima sin dar aviso. Creo que es de los nuestros, pero provocó al Enjambre y tienen seis exploradores más aquí abajo. Tengo tres hombres abajo a las tres en punto.

Me asomé por la barandilla, más que furiosa porque la coalición hubiese transportado a alguien sin darnos aviso. Mi hermano tenía razón, era *inmenso*. Y estaba completamente desquiciado. Mientras observaba, con sus manos le arrancó la cabeza al explorador del Enjambre que estaba más cerca de él, ignorando totalmente la explosión de iones de una de las armas más pequeñas del Enjambre.

Demonios. Jamás había visto *algo* como eso.

El rugido del gigante hizo eco como un cañonazo en el reducido espacio, y me estremecí.

—Por lo menos parece estar de nuestro lado.

¿Aquel tono sarcástico era mío, de verdad? Acababa de ver cómo un alienígena descomunal le arrancaba la cabeza a otro alienígena usando solo sus manos, ¿y estaba haciendo bromas? Mi padre se habría sentido endemoniadamente orgulloso.

—Copiado. —Seth sonaba como si estuviese entretenido, también—. Es un atlán.

Vaya. Había oído hablar de ellos, pero jamás había visto a uno en acción. Generalmente pertenecían a las tropas terrestres; eran enormes, fuertes, rápidos, y asesinos brutalmente eficientes. Teniendo a Gigantor de nuestro lado, era tiempo de cambiar de táctica.

—Reconocimiento 7, disparad para matar, pero tratad de no darle al gigante. Acabemos con esto.

—Sí, señor.

La ráfaga de disparos de los láseres de iones era tan fuerte que casi no podía ver lo que estaba sucediendo cuando me levanté de mi posición y abrí fuego. Maté a dos exploradores, el gigante acabó con tres más, y el resto de nuestra brigada acabó con los pocos que quedaban. Todos usábamos nuestro equipo táctico —ultraligero, armadura básica de color negro y marrón que cubría un láser de iones de bajo nivel—. No era lindo, pero consideraba que era un camuflaje extraterrestre. Nuestros cascos filtraban el aire y nos daban niveles constantes de oxígeno y presión optimizada para nuestra raza. Nuestras pistolas de iones eran ligeras y asistidas por ordenador, pero el blindaje metálico podía desviar un disparo. Atados a nuestros muslos teníamos dos cosas sin las que nunca partíamos: Una navaja, para combate cuerpo a cuerpo y para las situaciones que escalaran de nivel, y un inyector muy humano lleno de una dosis letal de veneno.

El inyector era una decisión personal que se ofrecía a todos los soldados voluntarios de la Tierra. La inyección suicida era una opción que Seth y yo estaríamos encantados de tomar. Había visto lo que había sucedido con los soldados que el Enjambre se llevaba, y la muerte era preferible antes de que su mente me absorbiera, antes de convertirme en algo que no era humano. No sabía si los otros mundos le ofrecían esto a sus guerreros, ni tampoco me interesaba. Nadie quería ser capturado, vivo, por el Enjambre. Me habían dicho que el inyector estaba lleno del veneno más letal que la coalición conocía. No había antídoto, y la muerte era segura tras algunos segundos.

Todo era mejor que acabar convirtiéndose en uno de

aquellos autómatas de ojos plateados. Algo que habíamos aprendido muy pronto era que el Enjambre no tenía sentido del honor. Rara vez mataban a alguien, preferían llevar prisioneros a sus centros de integración, en donde implantarían tecnología ciborg en sus partes biológicas hasta que ya no estuviesen en control de sus cuerpos. Eran uno con el Enjambre. Un robot. A efectos prácticos, un ordenador andante que seguía órdenes desde su mente ciborg.

Los del Enjambre eran soldados despiadados, y teníamos que concentrarnos en aquello. Debíamos hacer nuestro trabajo —sacar a los ciborgs de este carguero y salir corriendo de aquí, transportarnos a nuestra base, tener una cena caliente y dormir antes de la próxima misión. Vivir para luchar otro día. *Esa* era la meta.

No solamente tenía que mantener a mis hombres con vida, sino también a mi hermano.

Los sonidos de los disparos de iones se extinguieron, y los destellos radiantes de las ráfagas de las armas pararon. Por fortuna para nosotros, el carguero estaba lleno de provisiones, y la enorme área de carga estaba llena de filas tras filas de contenedores, dándonos mucha protección. Por desgracia, esto significaba que el Enjambre también tenía un refugio.

Teníamos planeado pillarlos por sorpresa, acorralarlos en el centro, obligándolos a amontonarse en un espacio cada vez más pequeño, como una anaconda estrangulando a su presa. Pero el guerrero atlán había arruinado nuestros planes, había interrumpido nuestra fiesta y no en el buen sentido. Echando humo, pasé revista. Tenía dos bajas, pero el Enjambre parecía haber sido derrotado.

—Reconocimiento 7, reportaos.

Escuché a mis hombres mientras se reportaban.

—Seis, despejado.

—Tres, despejado. Dos hombres caídos.

Suspiré, pero lo dejé pasar. Eso sucedía. Los soldados morían. Pensaría en eso más tarde, cuando escribiera cartas a sus familias y llorara a mares. *Luego*.

—¿Richards?

—Nueve, despejado.

Aguardé, esperando oír a Seth, quien estaba en la posición doce en la cubierta inferior.

—¿Reconocimiento 4?

Oí la voz de Seth, alta y clara.

—Será mejor que vengas hasta aquí.

Le ordené a mis hombres que se quedasen en la posición elevada y bajé, corriendo, la rampa para llegar hasta donde se encontraba mi hermano. No era solo el Enjambre lo que hacía que mis ojos se abrieran mientras me acercaba.

—Demonios —susurré.

Era este... este guerrero que se había transportado hasta aquí. Vestía el uniforme de la coalición, pero la manera en la que le quedaba me dejó boquiabierta. No usaba casco; su rostro era tosco, pero no era lo que me había esperado de un alienígena. Lucía casi humano, pero mucho más grande. Los disparos de iones podrían haber pasado silbando sobre mi cabeza, pero no me hubiese dado cuenta de ello. Definitivamente era alto —cerca de los dos metros—, misterioso y atractivo, pero del tamaño de un leñador. Un leñador ensangrentado, pues estaba recubierto de sangre ciborg de los cuerpos decapitados y sin vida que se apilaban sobre sus pies, como si fuesen basura. Ni siquiera había desenfundado el láser que tenía en el costado. Sus brazos debían ser tan gruesos como mis muslos, y yo no era ninguna delgaducha. Hizo que mi corazón diese un vuelco, y me falló la respiración de un modo en el que ni siquiera una lucha con el Enjambre podría haberlo logrado.

Estaba de pie, alto y confiado en sí mismo, quizás demasiado confiado, pues ignoraba la destrucción que estaba creando a su alrededor y buscaba... algo. O a alguien. Incluso desde donde me encontraba podía oír sus gruñidos por lo bajo, y vi cómo su cuerpo se tensaba tanto como un arco, listo para arrancarle la cabeza al siguiente idiota que fuese lo suficientemente estúpido como para llamar su atención. Sus ojos oscuros tenían una intensidad que jamás había visto antes. Tragué en seco cuando se posaron sobre mí. Lo ignoré, pensando que era porque no quería que me arrancara la cabeza. De hecho, no quería toda esta intensidad concentrada en mí.

4

 arah

Con todos los disparos de iones que atravesaban el área durante la escaramuza, debió haberse agachado; incluso debió haber sacado su propia pistola de iones, pero no lo hizo. Miró a la izquierda y luego a la derecha, cuando entonces oí un zumbido familiar a mi lado.

Tres soldados del Enjambre se transportaron a la sala, a solo unos pasos de mí, y atacaron. Al ver que uno de los soldados me iba a disparar, el atlán ni siquiera pestañeó. Juro que se hizo más grande, inflándose como si fuese un globo. Estaba enojado. Furioso, inclusive, pues los tendones en su cuello se hicieron notables y su mandíbula se tensó. Entornó los ojos, y cogió al soldado ciborg y literalmente le arrancó la cabeza sin siquiera haber sacado su pistola de iones. La sangre empezó a salpicar por todos lados mientras lanzaba el cuerpo ante sus compañeros, antes de arremeter contra ellos.

Debí haber tratado de ayudar, pero me hice a un lado y caí sobre mi rodilla con el rifle listo.

Era demasiado tarde, los tres ya estaban muertos. Más cuerpos a sus pies como si fuesen sacrificios para algún dios sediento de sangre.

Lo observé, horrorizada por la masacre. Dos de los hombres de Seth vinieron para cubrirme, observándolo tal como yo lo hacía. Estaba muy segura de que ninguno de nosotros había visto algo tan brutal ni en la Tierra ni en ningún otro lado. No tenía idea de por qué el alienígena tenía un arma. Aquellas manos, aquellas enormes manos eran armas de por sí. Sabía que en la Tierra decíamos que cuando alguien estaba enojado podría arrancarte la cabeza, pero esto... Joder, esto era otro nivel.

La risa de Seth llegó a mi oído, y salió de detrás de un contenedor mientras yo seguía apoyada sobre mi rodilla, apuntando con el rifle al alienígena que gruñía como un oso.

—Bienvenido a nuestro pequeño grupo de asalto, atlán. Soy el capitán Mills.

Seth no alzó su rifle, pero tampoco lo bajó. Sostuve el mío firmemente, apuntando hacia la cabeza del guerrero.

El gigante gruñó y se irguió por completo, lo cual me hizo pestañear. Con fuerza. Sus hombros eran enormes, su pecho era lo suficientemente grande como para que una chica como yo se acurrucase. Quería *tocarlo*, y aquel impulso era molesto. Cuando el gigante habló, su voz grave y retumbante llegó hasta mi punto más íntimo, y mis pezones se endurecieron. Era ardiente. Por Dios, era el hombre más guapo que alguna vez hubiera visto.

—No eres la capitana Sarah Mills.

Seth rio y sentí cómo mi corazón daba un vuelco. "¿Capitana Sarah Mills?". ¿Este guerrero sabía quién era yo?

Permaneciendo en silencio, miré a mi hermano a los ojos por un instante y asentí para que prosiguiese. Si este grandullón estaba buscándome, entonces no estaba segura de querer ser encontrada.

Seth se quitó el casco y lo colocó bajo su brazo izquierdo, sosteniendo su pistola láser con el derecho.

—No, no lo soy. Esa sería mi hermana, quien tuvo suerte en su examen de ASVAB y aprendió a pilotear una nave. ¿Qué buscas con la capitana Mills?

En vez de responder, el guerrero apretó los puños, como si luchara por mantener el control. A mi alrededor, todos sostenían sus rifles con firmeza mientras esperábamos para ver lo que haría el atlán.

—¿No está aquí?

—¿Quién pregunta por ella? —Seth alzó su pistola de iones para asegurarse de que el atlán se comportara lo mejor posible—. No te conozco, soldado. Te has transportado en medio de una operación en vivo, y has puesto a dos unidades en peligro. Tengo cinco bajas porque arruinaste nuestra emboscada. Debería dispararte desde aquí mismo e irme a arreglar el desastre que has hecho.

El atlán se inclinó, como si lo que mi hermano acababa de decir le hubiese perturbado.

—Lamento tu pérdida. No estábamos conscientes de que estaba a punto de transportarme a una zona de combate activa. Ha sido un terrible error.

—¿Por qué estás aquí?

Apreté mi rifle con más fuerza, esperando por su respuesta.

—Estoy buscando a la capitana Sarah Mills.

—¿Por qué?

—Es mía.

Me encontré sacudiendo la cabeza con *espanto* antes de siquiera procesar sus palabras. Alzando las cejas, me puse en pie y bajé mi rifle.

—Siete, no lo pierdas de vista.

Un coro de reconocimiento resonó en mis oídos mientras bajaba mi pistola de iones y trataba de decidir lo que debía hacer. El gigante se volvió al escuchar mi voz, y me quité el casco, dejándolo caer al suelo. Parecía que estaba a punto de caminar hacia mí, y elevé mi pistola para impedirlo.

—No.

—Eres Sarah Mills.

—¿Por qué me conoces? No conozco a ningún atlán.

Mirarlo a los ojos fue un terrible error, pues la lujuria instantánea que había sentido antes al verlo regresó con potencia máxima. Estuve tentada a relamer mis labios y provocarlo para que se acercara a mí, lo cual era ridículo. Mientras lo miraba con la expresión más indiferente que podía, sentí un extraño hormigueo recorriendo mi cuello y mi rostro. Me puse tensa y posé mis ojos sobre Seth. Sus ojos se abrieron cuando sintió la energía acumulándose.

—¡Enemigo! —grité, lanzándome al suelo cuando una explosión de energía estalló en el centro de la sala.

Cuando la conmoción acabó, había tres soldados del Enjambre de pie en el lugar exacto del cual nos habíamos apartado.

El atlán gruñó, atacando. Mis hombres abrieron fuego desde el piso superior, apuntando hacia los ciborgs sorpresa. Los soldados no atacaron, como me lo temía, sino que asintieron y, uno tras uno, fueron desapareciendo —transportándose como si se los hubiera tragado la tierra—.

Sin embargo, el último soldado estaba a unos centímetros de Seth. Tomó a mi hermano y dio un giro, elevando a Seth en el aire para usarlo como un escudo humano mientras el rifle de mi hermano caía al suelo con estrépito.

"¡Seth!".

Elevé mi pistola, pero no podía disparar sin herir a mi hermano. El atlán los observó y se quedó paralizado en medio de una zancada. Mi entrenamiento hizo que me quedara en mi puesto, apuntando con firmeza mientras esperábamos para ver qué haría el soldado ciborg.

—Suéltalo —le grité al soldado ciborg, pero me ignoró, fijando sus ojos sobre la amenaza real: el gigante atlán a algunos pasos de él.

Seth daba patadas, alcanzando el inyector que estaba a su costado mientras nos gritaba.

—¡Hacedlo! Matadlo.

—¡No! —le grité a mi hermano mientras el soldado daba un paso atrás, alejándose de nosotros y sosteniendo a mi hermano contra su pecho como si fuese un escudo.

En mis oídos, la voz de Richards sonaba como la tentación del mismísimo diablo.

—Puedo disparar, capitana.

Él estaba más arriba y era un tirador decente, aunque no perfecto; no estaba nada cerca de ser un francotirador real, y era la vida de mi hermano la que estaba en peligro aquí. Las probabilidades de Richards de matar al soldado del Enjambre y dejar a Seth respirando eran de una en cuatro.

—No. Todavía no.

El guerrero ciborg que sostenía a Seth elevó su arma y apuntó al atlán. Todos nos quedamos paralizados mientras los inexpresivos ojos plateados del soldado del Enjambre examinaban la sala. Antes de que pudiésemos hacer algo más, el soldado presionó un botón en su uniforme y... desapareció. Junto a Seth.

Se había ido. Puf. Desvanecido. En la Tierra no existía tal cosa como la teletransportación. Era algo de los viejos programas de la TV, pero nunca de la vida real. Solo aquellos que luchaban en la coalición lo veían en vida real. "Teletranspórtame, Scotty". La primera vez que fui transportada estaba aterrada. Se suponía que la tecnología era genial, y lo había sido —hasta ahora—. Ahora, se habían llevado a mi hermano a algún lado, algún lado lleno de ciborgs. A algún lado en donde sabía que convertían a los soldados de la coalición en máquinas, reemplazando las partes de su cuerpo con implantes sintéticos hasta que ya no quedaba nada más del individuo. Hacía un segundo estaba allí, y al otro ya se había ido.

A menos que mi hermano hubiese escogido la opción número dos. Y de repente, las imágenes de su mano alcanzando el inyector que estaba en su pierna se repitieron en mi mente como un disco rayado.

—¡Seth! —grité.

El atlán desquiciado —el mismo que había estropeado nuestra operación y provocado que el Enjambre se llevara a mi hermano— se volvió y me miró fijamente. Esos ojos oscuros se entornaron, y apretó sus labios. No dejaba de mirarme, ni siquiera cuando todas las pistolas de iones estaban apuntadas en su dirección. Sentí algo, algo primitivo y explosivo, estallando dentro de mí cuando nuestras miradas se cruzaron.

Demonios. Era... y yo sentía... y... Maldición. Mi mente estaba fallando. Mi cuerpo hizo caso omiso de cualquier concepto de seguridad personal mientras me dirigía hacia el hombre, lista para atacar con toda la fuerza que me quedaba. Levanté mi pistola de iones y me aproximé hasta que el otro extremo tocaba la armadura del guerrero, justo sobre su corazón. Lo miré a los ojos y me di cuenta de que no había tratado de detenerme. No me había tocado en lo absoluto; en vez de esto, sus ojos oscuros se llenaron de dolor mientras me miraba.

Nuestras miradas se cruzaron y no pude hacerlo, no pude apretar el gatillo. Estudié su tosca mandíbula y sus gruesos labios; sus ojos oscuros y el sedoso cabello negro que llegaba hasta su barbilla. Realmente era deslumbrante para los sentidos, su fuerza era asombrosa y abrumadora. Incluso con toda la furia palpitando en mi cuerpo no podía apretar el gatillo. La captura de mi hermano no había sido culpa de este guerrero. No era culpa de nadie. Esto era la guerra. Y la guerra era una mierda.

—¡Capitana!

La voz de Richards me sacó de mi trance y bajé el arma, pero no me aparté del guerrero.

—Tú me ayudarás a recuperar a mi hermano.

Sus ojos se abrieron, sorprendidos, pero asintió.

—Tienes mi palabra.

Esa voz, esas tres palabras eran como un derrumbe de rocas. Ásperas, toscas y profundas.

Apaciguada por los momentos, di un paso atrás.

—¡Todo despejado! —grité, avisando que ya era seguro levantarse. Era tiempo de marcharse de este lugar.

El atlán me observó atentamente, pero no se movió. Por su uniforme, todos sabíamos que era de la coalición; ¿pero aquella manera en la que se había comportado? ¿La sangre que cubría sus manos? Era una amenaza, y su silencio nos ayudó a tranquilizarnos y a no matarlo.

—Quiero que cuatro de vosotros os quedéis aquí y nos cuidéis las espaldas. Tres soldados del Enjambre se han transportado y capturaron al capitán Mills —dije, furiosa pues habían logrado infiltrarse y tomar a Seth. *Él* lo había permitido—. Y tú.

Señalé al conflictivo guerrero con el dedo.

Sus ojos examinaron la sala, y luego se posaron sobre los míos. La temperatura subía cuando me miraba; había deseo. Y eso me irritaba. Estábamos en medio de una zona de guerra. No necesitaba —ni quería— sentirme atraída por nadie en medio de una batalla. No era ninguna flacucha, pero su mirada me hacía sentir pequeña y femenina. ¿Femenina? Era una locura, pues en mi armadura de la coalición era cualquier cosa menos eso. Las curvas de mis senos estaban muy bien escondidas detrás de la armadura en mi pecho. Los pantalones negros blindados disfrazaban mis caderas. Nadie aquí me veía como a una mujer. Era su líder, y eso era todo.

El hecho de que me hubiese hecho pensar en sexo ahora mismo hacía que mis músculos se volvieran rígidos de la ira.

—¿Quién demonios eres tú y por qué me buscas? —exigí.

—Soy el señor de la guerra Dax de Atlán y soy tu compañero asignado. Eres mía.

—¿Me estás tomando el pelo con esto? ¿Esto es lo que el ratón considera una broma? No soy una novia, señor de la guerra Dax de Atlán. Lo siento. Tendrás que ir a tomar por culo. —Levanté las manos y le asentí al equipo de Seth.

Ya que Seth se había ido, era mío ahora. Mi responsabilidad.

—Cuatro de vosotros, quedaos aquí, estad alertas. Haced un bloqueo de transporte para evitar más sorpresas.

—Sí, señor.

—Médicos, proteged a los heridos. Aseguraos de que hayamos hecho todo lo que pudimos y teletransportadlos —me dirigí a la puerta—. Vosotros tres, conmigo al puente. Richards, te quiero en control del sistema. Esto para mi unidad, hallad a alguien del cuatro e inspeccionad las otras cubiertas. Ya sabéis que hacer.

Ambos equipos se fueron corriendo para hacer lo que les había ordenado, e ignoré al enorme alienígena mientras este se movía al mismo tiempo que yo. Me sentía como un cocker spaniel caminando junto a un rottweiler. De todas formas había tres miembros armados de mi unidad cubriendo mis espaldas, y todavía tenía mi pistola de iones.

—Este término que has usado, ¿por culo? Se asocia únicamente con un hombre apareándose con una mujer y dándole placer, no con... la guerra.

Los hombres que estaban alrededor se relajaron al oír sus palabras, pensando que Dax bromeaba. No bromeaba. El calor encendió mis mejillas, pero no era de vergüenza. No, era por la repentina imagen mental que tuve de este caudillo empujándome contra la pared, arrancándome los pantalones y follándome.

Si alguna vez volvía a la Tierra, asesinaría a cierto ratoncillo.

—¿Cuál es tu problema? —Se sentía mucho mejor desviar el interés que tenía en él y convertirlo en frustración—. ¿No te dijeron que abandoné el programa de novias?

—Sí.

Me detuve en seco cuando oí su confesión, y avanzó un paso hacia adelante, por lo que tuve que levantar el mentón para verlo a los ojos. Yo no iba a retroceder. Su mirada deambuló por mi rostro, y luego por mi cuerpo. No era la misma mirada de todos los guerreros con los que había cooperado. Esto era descarado y sexual, lleno de una intensidad posesiva que jamás había visto antes y... joder, mis pezones acababan de endurecerse. Gracias a los cielos por la armadura en el pecho.

—¿Crees que eso me importa? —Enarcó una ceja, como si esperara que yo inclinase la cabeza y le permitiese llevarme en sus brazos como una princesa de cuento de hadas.

Eso no iba a pasar. Nada aquí iba a pasar hasta que mis hombres estuvieran de vuelta a bordo del Karter y mi hermano lejos del Enjambre.

Extendió su mano para coger mi brazo, pero alcé mi pistola de iones, frenándolo; la empuñadura tocó su firme blindaje. Mis hombres también apuntaron sus armas hacia él. Se detuvo, pero no lucía nada preocupado... ni asustado de poder morir si hacía un movimiento en falso.

—Bajad las armas —ordenó.

Nadie obedeció sus órdenes, y alcé una ceja con placer silencioso, pues sabía que mis hombres mantendrían las armas en alto a mis espaldas.

—Si mi título de señor de la guerra no es suficiente, las franjas en mi uniforme indican que os supero a todos en rango —dijo, apuntando al símbolo que había en su hombro con uno de sus dedos sangrientos—. Me complace ver que defendéis y protegéis a mi compañera, pero vais a bajar las armas o enfrentaréis sanciones militares.

Tenía razón. A pesar de que claramente venía de un planeta distinto, un planeta en donde los hombres comían mucha espinaca, como Popeye, para ser tan enormes, usaba el uniforme de la coalición que todos reconocíamos. *Tenía un rango más alto que el mío*, y técnicamente debíamos obedecer sus órdenes.

Mis hombres mantuvieron sus armas en alto, y me di cuenta de que todo esto dependía de mí. Si les ordenaba a mis hombres que lucharan contra el enorme y malvado alienígena, lo harían. Pero seguramente acabarían en alguna clase de prisión de la coalición solo porque no podía controlar mi temperamento. No tenía la costumbre de pedir a mis hombres que se sacrificaran por mí, en especial por algo tan ridículo como esto.

Volviéndome hacia ellos, asentí para que bajasen sus armas. Esta era una batalla que el comandante Karter querría oír. Tendría que esperar hasta que regresáramos a nuestra nave.

Me miró, y entonces fue su turno de enarcar una ceja, pues todavía no apartaba mi arma de su panza. Aunque ahora estaba a cargo del grupo en el carguero, esto no quería decir que dejaría de estar molesta con él. Bajé mi arma de mala gana.

—¿Qué estás... tienes alguna idea de lo que acabas de hacer? —Apreté mis puños y los mantuve a mi costado para no golpearlo—. Perdí hombres buenos hoy. ¡Y el Enjambre acaba de llevarse a mi hermano!

—Lamento la pérdida de tus guerreros. Pero tu hermano debió haberte mantenido a salvo en la Tierra, en donde perteneces. Una mujer no debe estar aquí, en la guerra, luchando contra el enemigo —replicó.

—Mi *hermano* no tiene derecho a decirme qué hacer.

—Claramente. Sin embargo, *yo* sí.

Entonces mis ojos se abrieron, y solté una risa.

—Quizás me supere en rango, *señor* —enfaticé la última palabra—, pero no eres mi compañero.

—Con todo respeto, jefe.

Mi segundo al mando, Shepard, se acercó y se posicionó a mi lado. Parecía demostrarle a este... Dax más respeto que yo. Pero no era él a quien el grandullón llamaba *compañero*.

—Debo cuestionar la... fidelidad de su afirmación. La capitana Mills ha estado con nosotros por dos meses. Las leyes de la Tierra no permiten que un soldado se una al programa del batallón si está casado. O si tiene pareja.

Shepard era diplomático, sintiéndose evidentemente temeroso de decirle idiota a este señor de la guerra. Pero Dax debía estar equivocado, completamente equivocado; pues no había manera de que estuviese emparejada con este animal autoritario. Ni siquiera mi subconsciente podría ser tan cruel conmigo.

En vez de arrancarle la cabeza a Shepard, Dax respondió:

—Esta mujer de la Tierra es mi pareja elegida por medio del Programa de Novias Interestelares, y la estoy reclamando.

Demonios. Él *venía* de Atlán. El planeta al que la guardiana Egara dijo que había sido asignada. Negué con la cabeza.

—Me retiré del programa porque fue un error. La guardiana dijo que no podía ser asignada a nadie si no daba mi autorización. Ahora soy un soldado, y estoy bastante segura de que no hay nada más que puedas hacer al respecto.

—Le dirás al comandante Karter que eres mi compañera y reasignará tus obligaciones con la flota de la coalición.

Era claro que estaba ignorando todo lo que yo decía.

Puse mis manos en mis caderas.

—No haré nada parecido, grandísimo patán.

Frunció el ceño.

—No entiendo ese término, pero con llamarme compañero basta.

Retrocedí un paso; no porque tuviese miedo de Dax, sino porque era posible que tuviese razón sobre este estúpido lío. Recordaba a aquella pequeña e idiota asistente, la guardiana Morda, y cómo había arruinado todo desde el comienzo. ¿Era posible que hubiera hecho algo más para meter la pata luego de que hubiera sido aceptada en la flota de la coalición? ¿Algo como no borrar mi perfil o no sacarme del sistema?

Maldita sea.

—Hemos sido emparejados. —Se inclinó hacia adelante sin romper el contacto visual—. Tú eres mía.

Me estremecí. No podía ser una novia. Desde luego, no podría buscar a Seth si me veía obligada a dejar el ejército para convertirme en la pareja de alguien. Dudaba que este armatoste alienígena quisiera que hiciera otra cosa que no fuese tener bebés. Ya había dicho que las mujeres no debían estar en el combate. Con eso no me parecía que quisiera que tomara un equipo y nos fuéramos a un centro de integración del Enjambre para salvar a Seth.

Sin embargo, me había dado su palabra de que me ayudaría a recuperar a mi hermano.

Era más probable que me diera palmadas en la cabeza como una buena chica y me dejara atrás mientras él se iba a matar dragones. Me daba una obvia sensación de sobreprotección. Y ese no era mi estilo.

¿Podría forzarme a renunciar a mis obligaciones con la flota? No conocía las reglas. Puesto que había sido emparejada con su sistema, ¿podría obligarme a salir del ejército? ¿Este gigante atlán podría pedir mi mano a la fuerza?

Además de eso, no *quería* un compañero. Había tenido suficiente con los hombres que tuve en mi vida —un molesto padre, tres hermanos, comandantes en el ejército, compañeros de armas— y no necesitaba un compañero, también. ¿Y él? *¡Él!* Cielos, ¿este hombre estaba emparejado conmigo? Hasta ahora no había hecho nada que no fuese irritarme. ¿Y qué si era ardiente? ¿Qué si mi mente hacía aparecer imágenes de él follándome contra una pared, embistiéndome con fuerza una y otra vez hasta que me corría en su inmensa polla? Y sabía que era grande. Tenía que serlo.

Me negaba a creer que mis sentimientos eran causados por alguna... cosa de apareamiento. Probablemente captaba mi atención por la colosal sequía de sexo por la que estaba pasando. Dos años y medio sin tener sexo harían que cualquier mujer normal le prestase atención a aquel inmenso hombre. Solo quería tener un orgasmo, o dos, y no me oponía a que fuese él quien me los diera. Solo porque era mujer no significaba que no podía follar y luego irme. Eso de *usarlo y descartarlo* funcionaría para mí también. ¿No?

Esta atracción era algo puramente biológico. Hacía que mis pezones se pusieran duros, ¿y qué? El clima frío me provocaba la misma reacción, y al ser de Florida odiaba la nieve, además. Era obvio que Dax era autoritario y abiertamente chauvinista, dominante e imponente... y la lista seguía. Había tenido un golpe de suerte al elegir a la coalición y no a él. ¡Ser su... pareja! ¡Ja!

—No me voy a ir contigo, estás invitado a venir con nosotros —le dije, tocándolo con la punta de mi pistola—. Shepard, ¿ya estamos en el espacio de la coalición?

Shepard revisó su ordenador y asintió.

—Sí, señor.

—Excelente.

Mis hombres estarían a salvo ahora, la nave estaría protegida por las patrullas de la coalición y regresaría al batallón para ser limpiada y reasignada.

—Shep, estás a cargo de la limpieza. Voy a llevar a mi *compañero* —pronuncié la palabra con desdén y sarcasmo— al Karter. Tenemos cosas pendientes.

Dax frunció el ceño, pero me negué a apartar la mirada.

—*Tú* vas a venir conmigo al Brekk.

Elevé mi pistola y entorné los ojos.

—No. Por supuesto que no. Vamos a ver al comandante Karter, planear una misión de rescate y pedir un divorcio espacial.

Creo que incluso soltó un gruñido. ¿Qué demonios? ¿Era mitad bestia o algo así?

5

ax

Mi compañera tardó una hora en informarle a su comandante superior sobre todos los eventos de la batalla a la que había sido directamente teletransportado. Cuando acabó, nos dieron la orden de presentarnos en la sala de estrategias del comandante Karter, en el puente de mando. Ahora estábamos de pie frente al escritorio del comandante Karter. Mi compañera se puso firme ante el líder prillon. Como todos los comandantes de Prillon, él era casi tan alto como yo, con cabello dorado y ojos que nos miraban como el predador que era. No había nada afectuoso en su expresión ni nada de empatía en sus ojos. Se sentó rígido y firme detrás de su escritorio; calculador y tranquilo, a pesar de la creciente irritación de mi compañera.

—Quiero ir a por él —le dijo a su comandante elevando su mentón, desafiante. Me quedé de pie escuchando solamente. Aguardé, pues mi oportunidad de hablar vendría pronto—. Tomaré voluntarios.

Su comandante suspiró y siguió ignorándome.

—No puedo autorizar una misión de rescate en un centro de integración por un soldado de la coalición. La situación ya es lo suficientemente precaria aquí, capitana. No puedo arriesgarme a perder guerreros por una misión que muy probablemente estará destinada a fracasar. Estamos manteniendo este sector solo con fuerza de voluntad. No puedo arriesgar la vida de guerreros buenos y fuertes en una misión suicida por un hombre que probablemente ya está perdido.

Y allí estaba la verdad que mi compañera no quería oír. Pude ver la combinación de furia y tristeza hacer una breve aparición en su rostro, pero la ocultó bien.

—Tengo que intentarlo. Es mi hermano.

Su dolor me hacía querer estrecharla contra mi pecho y mantenerla cerca. La intensidad de esta necesidad de abrazar a una mujer alienígena, de consolarla, solo confirmaba que estaba a merced de la conexión de apareamiento. La analicé libremente mientras estaba de pie frente a su comandante e intentaba esconder su dolor con un encarnizado orgullo que admiraba. Lucía mucho más vibrante y hermosa que en la imagen que había visto en la tableta de la doctora. Aquella imagen se veía apagada; no tenía ni su fuego ni la obstinada inclinación de su mentón. En vida real tenía algo... más.

Usaba el uniforme habitual de un soldado de la coalición; su armadura fácilmente ocultaba cada una de sus curvas. Quizás fuera porque era mi compañera o porque era jodidamente atractiva, pero la deseaba con una ferocidad que jamás había experimentado antes. Tenía que concentrarme en oír su conversación con el comandante mientras las imágenes mentales de mí arrancando su chaleco y explorando sus curvas con mi lengua me abrumaban. Era *toda* mujer, y era mía. Su cabello oscuro estaba recogido, tenía una forma de bola ajustada detrás de su cuello. Me preguntaba cómo se sentiría enredándose en mis dedos mientras echaba su cabeza hacia atrás para besarla. Su piel era pálida, mucho más blanca que la mía o la de cualquier otro en atlán. Dudaba que llegara más arriba que mi barbilla, pero era alta para una mujer. No era delicada ni fina, sino claramente insolente, atrevida y terriblemente descarada. Mi bestia interior amaba todo ese ímpetu y mi polla quería probarla. La bestia dentro de mí estaba clavando las garras para salir, echarla sobre mi hombro y llevársela lejos.

Sabía que cualquier hombre que la viera se sentiría atraído a ella instantáneamente, y luché contra el impulso primitivo de marcarla con mi esencia, de frotar mi piel y mi semilla contra cada rincón de su piel para asegurarme de que cualquier hombre que se acercara a ella supiera exactamente a quién le pertenecía. Era mía, y necesitaba que todos lo supieran; incluyendo la obstinada mujer que, incluso ahora, intentaba ingeniar una manera de deshacerse de mí. En todo lo que yo podía pensar era en enterrar mi miembro dentro de ella, y todo lo que ella quería era obligarme a irme de su lado.

Aquel reto enloquecía a mi bestia de una manera que no había anticipado, y me sentía ansioso por poner a prueba sus dientes y uñas en la cama. No alcanzaba a comprender cómo era que aún no tenía pareja. ¿Cómo era posible que ningún hombre terrícola la hubiera deseado ni reclamado? Eso me hacía creer que había algo mal con los hombres de su especie. Los hombres humanos debían de ser idiotas.

—Estoy al tanto de que sois parientes. —El comandante Karter alzó su mano cuando ella estaba a punto de comenzar a hablar nuevamente—. También sé que dos de tus hermanos ya han muerto en manos del Enjambre. Lamento tu pérdida, pero no hay nada que pueda hacer.

¿Dos de sus hermanos habían muerto en manos del Enjambre? Eso lo explicaba todo. ¿Cuántos hermanos tenía? ¿Las familias terrícolas eran tan cercanas como las de los atlanes? ¿Había afinidad, amor, entre hermanos que causaba que ella necesitara ir a rescatarlo? Si este era el caso, lo comprendía, pues también tenía un hermano. Si lo hubiesen capturado, también intentaría ir a rescatarlo. Pero ella era una mujer y era mi pareja. Si necesitaba saber si su hermano estaba a salvo, me encargaría de esto por ella.

Gruñí, y tanto ella como su comandante se volvieron hacia mí.

—Iré a por su hermano. Ha sido mi interferencia lo que provocó su captura.

No debería sentirme asombrado por sus habilidades de lucha, ni por las habilidades tácticas que había presenciado en ese carguero. Las mujeres no luchaban. Ellas apaciguaban, tranquilizaban, cuidaban. No eran estúpidas; de hecho, era todo lo contrario. Una mujer era la única que podía amansar a la bestia interior de su compañero, y aquello requería mucha inteligencia. La fiebre inicial se reducía con la unión, pero la impredecible ira de la bestia nunca nos abandonaba. Nuestras compañeras sabían cómo apaciguar la ansiedad que crecía dentro de nosotros, muchas veces en silencio. Nunca había sentido un nivel tan alto de ira y furia como en el momento en el que ella estuvo en grave peligro.

Quería protegerla, follarla, cuidarla. Pero Sarah Mills no quería un compañero, y no parecía ser muy conciliadora. Así que me ganaría su corazón de la única manera en la que podía: regresándole a su hermano.

El comandante se inclinó hacia atrás en su silla y se

cruzó de brazos. Si fuera humano, me sentiría intimidado; pero era atlán, y era mucho más grande que el guerrero Prillon que me miraba fijamente. Celebré su ira, pues estaba feliz de poder desviar su irritación de mi compañera.

—Tú eres un problema muy diferente, guerrero Dax. ¿Qué rayos estás haciendo en mi sector sin autorización?

—Vine a por mi compañera.

—Soy un soldado, no una novia. Le dije eso al programa de novias. Lamento que no te haya llegado el mensaje. —Miró al comandante—. ¿Puede asignarme a un escuadrón que por lo menos esté luchando en alguna área cercana a su centro de integración más próximo?

—¿Quieres que te capturen y te conviertan en un ciborg? —pregunté, mi voz resonaba con fuerza en la pequeña sala. Ella se negaba a ceder, y yo me negaba a irme sin ella. No podía hacerlo. Aunque las esposas —todavía— no estaban alrededor de sus muñecas, no abandonaría a mi compañera. Era mía y la protegería —incluso de sí misma— con mi vida.

Rodó los ojos.

—No, pero tengo que salvar a mi hermano.

—No. Yo lo rescataré por ti.

Abrió su boca, lanzando fuego por los ojos, pero el comandante se levantó de su asiento y golpeó el escritorio con su mano.

—Ninguno de vosotros irá a territorio del Enjambre para rescatar a un hombre muerto. Capitana Mills, tu hermano está muerto. Si no lo asesinaron en el acto, entonces su mente ha sido integrada a la de los ciborgs y su cuerpo modificado con tecnología sintética que no podremos sustraer. Está muerto. Lo siento. La respuesta es un no.

El comandante se volvió hacia mí.

—Y tú, caudillo Dax, regresarás a la sala de transporte y te irás de mi nave. Por lo que he oído sobre tus acciones, no puedo permitir que pierdas los estribos y tengas que ser sacrificado. Vete a Atlán y encuentra a una nueva compañera.

—Mi compañera está aquí. Si me voy de esta nave, ella vendrá conmigo.

A pesar de que en verdad prefería que mi compañera aceptara nuestra unión, una unión forzosa *era* posible. A veces era la única manera de salvar la vida de un guerrero. No la obligaría a aceptar la unión, pero solo el hecho de estar en su presencia tranquilizaba a mi bestia. La seduciría, haría que se corriera una y otra vez hasta que no pensara en otra cosa que no fuese complacerme, follarme y aliviarme.

Me crucé de brazos. Sabía que no le gustaba que le diesen órdenes, pero me la llevaría en brazos si era necesario. No necesitaba una unión completa por los momentos para mantener a raya a la bestia, solo necesitaba estar cerca de ella. Una unión forzada era poco honorable; un acto desesperado de un hombre desesperado, y era algo que yo no haría. Imponer la conexión entre nosotros no era bueno para la unión a largo plazo. Si iba a ser la pareja de esta mujer terrícola por el resto de nuestras vidas, quería agradarle, por lo menos. Quería follarla, mimarla, atesorarla —y follarla un poco más —; pero no tomaría a una mujer en contra de su voluntad.

Preferiría morir.

Sin embargo, esto de la seducción era un juego que deseaba jugar.

—No se irá contigo, señor de la guerra, porque no ha aceptado la unión. No es una novia de la coalición, es la capitana Mills de la unidad de reconocimiento 7. —El comandante fue igual de tajante—. Ahora mismo ella es mía. Los guerreros de Prillon no obligan a las mujeres a aceptar uniones que no desean.

Sarah mostró una sonrisa burlona, entonces, y mi miembro se endureció. No había lugar a dudas de que era mucho más encantadora cuando no estaba firme ni actuaba decorosamente. Se sentía poderosa y como una vencedora, pues el comandante la apoyaba, pero eso no le iba a regresar lo que necesitaba para ser feliz, y era tiempo de recordárselo.

Señalé al comandante, pero me volví para mirarla a la cara.

—Él no permite que vayas a buscar a tu hermano.

Sus ojos abandonaron mi rostro para posarse en el de su comandante.

—¿Qué *puedo* hacer?

—Regresa a tu unidad y sigue órdenes hasta que tus dos años hayan culminado —cuando sus hombros se pusieron tensos por las palabras directas del comandante, este añadió —: Eres una de las mejores líderes de reconocimiento que tenemos. Eres inteligente, rápida y no entras en pánico durante un ataque enemigo. Podrías hacer muchas cosas buenas aquí, capitana. Necesitamos a comandantes como tú.

Gruñí nuevamente; la idea de que mi compañera volviese al combate sin mí era más de lo que mi bestia podía tolerar. Solo pensar en el tiroteo que había presenciado, con disparos de iones volando por encima de su cabeza, hacía que mi bestia comenzara a moverse inquietamente. El comandante iba a saber cuánto me habían desagradado sus palabras. Para ser prillon, era grande; pero yo era más grande.

—Ella *no* regresará al combate.

—Vete a Atlán, señor de la guerra —replicó—. Busca otra compañera.

—No quiero a nadie más.

Los hombros de Sarah se pusieron tensos al oír mi juramento, y sus ojos se posaron sobre mi rostro, como si no creyese en mis palabras.

—Entonces aguarda hasta que haya completado sus dos años de servicio —ordenó el comandante.

—Y una mierda —gruñí—. Para ese entonces estaré muerto.

Ella alzó sus cejas.

El comandante me lanzó una mirada.

—¿Fiebre de apareamiento? ¿Cuánto tiempo te queda?

—No mucho —le ofrecí una breve respuesta mientras observaba a Sarah.

—¿Qué quieres decir con que estarás muerto? ¿Estás enfermo? —me preguntó. Vi cómo la preocupación luchaba por encontrar un espacio libre en su corazón, justo al lado de su ira. Quizás, después de todo, teníamos esperanzas.

—Comandante, ¿podría hablar con mi compañera... en privado?

El prillon nos dirigió una mirada rápida. Cuando Sarah asintió, salió de la sala sin decir nada más, cerrando la puerta tras sus espaldas.

Verla preocupada me daba esperanzas.

—Fiebre de apareamiento —le dije—. Los hombres de Atlán la tienen, aunque el momento en el que comienza depende del individuo. Dura varias semanas, desarrollándose lentamente hasta que te consume por completo. Soy mayor que la mayoría de las personas que tienen la fiebre, pero eso es irrelevante. Cuando la fiebre toma el control, domina la lógica y todo razonamiento, convirtiendo al hombre, a mí, en lo que llamamos un "berserker" —elevé mis manos manchadas de sangre—. Mi cuerpo se transforma en algo que es más bestia que hombre. La ira me invade hasta que ya no hay más razonamiento, sino puro instinto animal. Puedo arrancarles la cabeza a los ciborgs del Enjambre sin pestañear, pero no querré detenerme. La única que puede controlar a un berserker atlán es su compañera. La única manera que tenemos de tranquilizar a la bestia es siendo aliviados y aceptados por nuestras compañeras, follando.

Sus ojos se abrieron.

—Y si no... follas, ¿mueres? Eso no tiene sentido —dijo, sorprendida. Solo el oír la palabra *follar* en sus labios me hacía gruñir.

—Se llama fiebre de *apareamiento* por algo. Existe para garantizar que todos los hombres atlanes estén adecuadamente emparejados, permitiendo que la raza continúe. Si un hombre no tiene pareja, muere.

—Como la supervivencia del más apto —contestó.

—No conozco ese término.

Elevó su mano.

—No importa, pero comprendo... el concepto. Si tienes que follar con alguien, entonces busca a una prostituta espacial o algo por el estilo —replicó, sacudiendo su mano—. No me necesitas. Con cualquier vagina bastará.

Su última afirmación me llenó de enojo.

—No cualquiera bastará —gruñí, y respiré hondamente. Claro, hace no mucho pensaba diferente, pero ahora la tenía frente a mí. Ahora sabía, en lo más profundo de mi alma, que esta mujer terrícola era mía. No necesitaba un programa de emparejamiento para verificarlo—. Es la fiebre de *apareamiento*. Eso significa que solo puede acabar si follamos a una *novia*. En este caso, esa eres tú.

Cuando permaneció callada, insistí. Acercándome más a ella, dije:

—¿Sabes qué veo cuando te miro?

Negó con la cabeza.

—La piel más pálida que quiero tocar. Me pregunto qué tan suave es. ¿Eres igual de suave en todos lados? Tus pechos, tratas de esconderlos detrás de tu chaleco, pero son redondos y grandes. Los podría coger fácilmente con una mano. Quiero tomarlos y sentir su peso. Quiero ver cómo tus pezones se endurecen cuando los acaricio con mis pulgares. Ese carnoso labio inferior, me pregunto cómo se sentirá cuando lo mordisquee. Y tu sexo...

Alzó una mano, seguramente para apartarme; pero su mano se posó sobre mi pecho. Rodeé su mano con la mía y la hice retroceder hasta que chocó contra la pared. No le di espacio —no era lo que necesitaba— y posicioné mi pierna entre las de ella. Debido a la diferencia de tamaños, prácticamente estaba montada sobre mi pierna.

Observé cómo sus pupilas se dilataban, cómo su boca se abría. Bien, ahora no estaba pensando. Si existía alguna mujer que necesitara dejar de pensar, era esta mujer. Necesitaba que alguien la protegiera, que alguien la cuidara para variar. Comenzando ahora mismo.

—Eres mía, Sarah, y no renunciaré a ti.

—¿Tengo que follar contigo y entonces te habrás curado? ¿No morirás? —Me miró con intensidad y dejé que me mirara, dejé que viera el deseo en mis ojos, dejé que sintiera el calor de mi cuerpo cerca del suyo—. Vale. Lo haré contigo una vez, un romance de una noche, y entonces podemos irnos cada uno por nuestro lado. Ha pasado mucho tiempo y estoy segura de que... probablemente eres... un amante interesante.

A pesar de que su proposición sonaba interesante, negué con la cabeza, porque todavía no lo comprendía.

—No hay un *cada uno por nuestro lado*. Nos unimos de por vida. Y, volviendo a lo de la fiebre, no sucede una vez solamente. Tenemos que follar una y otra vez... —Me acerqué más a ella, tocando su mejilla con mi nariz, respirando su dulce aroma—. Hasta que la fiebre se haya aliviado, hasta que haya pasado.

Puso sus manos sobre mi pecho y tomé sus muñecas, inmovilizándolas por encima de su cabeza mientras seguía explorando su cuello, y luego enterraba mi nariz detrás de su oreja para oler su cabello. Su respiración se volvió entrecortada mientras me susurraba al oído:

—¿Y si no lo hago contigo una y otra vez hasta que la fiebre haya pasado?

—Muero.

—¿Quieres que sea tu compañera para que no mueras? —preguntó.

Elevé la cabeza y la miré a los ojos, nuestros labios entreabiertos. Mi respeto por ella creció cuando no apartó sus ojos de los míos, cuando no se intimidó. Ese era un buen indicio de que su desprecio por mí había disminuido. Cuando se relamió los labios, supe que era mía.

—Si me rechazas, Sarah, me iré de esta nave con mi honor intacto. Si me rechazas, moriré. —Doblé mi rodilla y elevé su cuerpo, de modo que estaba montada sobre mi pierna; su clítoris y su sexo frotaban mi muslo por encima de nuestros uniformes—. Pero la muerte no es nada para mí. He estado luchando contra el Enjambre por diez años, mujer. Morir no me asusta.

Sacudió su cabeza levemente, como si tratara de apartar pensamientos llenos de lujuria.

—No comprendo por qué estás aquí. ¿No puedes buscar

a alguna mujer en Atlán que realmente quiera un compañero?

Con sus brazos sobre su cabeza y su cálido centro de placer haciendo presión contra mi muslo estaba tendida como una ofrenda; pero no la tomaría, no todavía.

—*Tú* eres mi compañera. Te quiero a *ti*. Te quiero porque eres la persona *perfecta* para mí. Puedo sentirlo. La primera vez que te vi quería tomarte en brazos y sacarte de allí.

—Porque las mujeres no pueden luchar —escupió.

—Por supuesto que *pueden*. Solo creo que no *deberían* hacerlo. No es eso. Quería tomarte en brazos porque quería apoyarte contra la pared más cercana y follarte. Algo como esto. —Rocé su sexo con mi muslo—. Y preferiblemente sin ropa y sin tu equipo viéndonos.

Su boca se abrió de par en par y sus ojos se dilataron. La subida y bajada de sus pechos se aceleró mientras luchaba contra los deseos de su cuerpo, contra la necesidad que sentía de tenerme; se resistía al llamado entre compañeros.

—No niegues el deseo que también sientes por mí.

Farfulló, miró mi pecho y luego el suelo. Miró hacia todos lados, menos a mí.

—Ni siquiera te conozco.

—Tu cuerpo me *conoce*. Tu alma también. A su tiempo, tu corazón y tu mente se pondrán al corriente. Eso es algo especial que tienen los compañeros. Nuestra conexión es visceral. Es algo tan profundo, tan permanente, que desafía la lógica. No hay lugar para las dudas, pues *sabemos* que estamos hechos el uno para el otro.

Sacudió su cabeza, cerró sus ojos mientras apretaba los músculos de mi pierna, envolviendo su centro de placer con mi calidez y mi fuerza.

—¿Rechazas la… conexión? —pregunté.

Negó con la cabeza, su cabello rozaba la pared.

—Sabes que no puedo.

—¿Qué no puedes? —pregunté, pasando mis labios por la delicada curva de su mandíbula, por la espiral de su oreja; su pulso palpitaba rápidamente en su cuello. Podía olerla. Había sudor, definitivamente, pero también algo almizcleño y femenino que tranquilizaba y excitaba a la bestia en mi interior.

—No puedo rechazarte.

Mi corazón dio un vuelco al oír sus palabras; palabras que temía que jamás saldrían de sus labios.

—Ah, Sarah. Una confesión semejante te ha costado mucho. La mantendré a salvo, la cuidaré tal como te cuidaré a ti. No le temas a... nuestro vínculo. Aunque necesito follarte para sobrevivir, tenemos tiempo. Respetaré que necesitas tiempo, por los momentos. No te tomaré hasta que tú lo permitas, hasta que ruegues por sentir mi polla llenándote.

Gimió, y aproveché mi ventaja.

—Pero ahora quiero besarte, Sarah. Necesito saborearte.

Abrió sus ojos; y toda la ira, la oposición, se había esfumado de su mirada. Mi bestia quiso rugir cuando vio la sumisión en su tierna mirada. Mi Sarah, luchaba tanto para ser ruda, para ser una guerrera. Sí, era fuerte. Pero no tenía que serlo, no todo el tiempo. Ahora yo estaba aquí para ella, para compartir su carga, para encargarme de sus problemas. Para protegerla del peligro. También era mía; yo la follaría, yo la dominaría, y yo la protegería... Solo que ella todavía no comprendía esto.

6

Aguardé; nuestras respiraciones se entremezclaban, sus exuberantes piernas estrujaban las mías.

En vez de responder, ladeó su mentón y su boca conectó con la mía.

En aquel momento, en ese instante, la bestia se asomó. Se apoderó del beso, enredando una mano en sus cabellos, tomando su cabeza e inclinándola de la manera perfecta para poder besarla profundamente. Mi lengua invadió su boca, hallando la suya y enredándose en ella, degustándola, lamiéndola. Su sabor solo intensificó mi deseo y presioné mi muslo contra ella, esperando que lo usara, que lo cabalgara y encontrara su propio placer. No me negó esto, pues se revolvió y se impulsó con los dedos de sus pies para moverse sobre mí mientras la seguía besando.

Su labio inferior era tan suave y mortal como lo había sospechado. Su cuerpo era suave, incluso bajo su armadura, y se conectaba con el mío perfectamente. Mi bestia se enfureció y quiso más, no quería conformarse con este beso salvaje solamente. Aunque mi cuerpo deseaba más, este no era el momento ni el lugar adecuado para ello, y contuve a la bestia. Alzando mi cabeza contemplé los ojos de Sarah, cerrados; sus mejillas coloradas, sus labios hinchados y rojizos. Un rugido resonó en mi pecho y sus ojos se abrieron, nublados por el deseo.

—Te quiero. Quiero enterrar mi polla en lo más profundo de tu coño húmedo y follarte hasta que no puedas caminar. Quiero oír mi nombre saliendo de tus labios mientras exprimes todo mi semen. —Tiré de su labio inferior con mi diente, levemente más afilado por la bestia, y luego alivié el pequeño pinchazo con mi lengua—. Sarah, quiero probarte completa, quiero sostenerte y lamer tu coño hasta que grites de placer.

Entonces ella rio, y quise besarla una vez más.

—Ni siquiera nos llevamos bien.

—Pienso que nos llevamos estupendamente. —Acaricié su mejilla con mi pulgar, y di un paso atrás. No quería hacerlo, pero ella era un reto peligroso que mi bestia no quería declinar, incluso sin su pistola de iones apuntándome.

—No nos gusta el lío en el que estamos metidos —añadí—. Eres la única mujer que puede impedir que muera, y quizás yo sea la única persona que pueda ayudarte a salvar a tu hermano.

Se mordió su carnoso labio inferior y frunció el ceño.

—¿Cómo? El comandante ya nos ha prohibido ir tras él.

—De hecho, hay una solución —respondí, ignorando el deseo que sentía de hacer que dejara de morderse el labio. Desabroché las esposas que estaban en mi cinturón y las sostuve en el aire—. Esposas de unión. Puedes ver que ya estoy usando las mías. Usarlas demuestra que estoy comprometido con mi compañera, contigo y solo contigo. Al verlas, nadie dudará que estemos unidos.

Ella miró los brazaletes dorados que colgaban de mi mano, pero elevó su mano y la posó sobre el metal que cubría mis muñecas; su suave roce me hizo estremecer. Quería sentir su mano en otros sitios.

—¿Cuál es su propósito?

—Las esposas son una forma de compromiso, un signo exterior de una unión. Garantizan que nos mantengamos cerca hasta que la fiebre de apareamiento haya pasado y hasta que estemos verdaderamente unidos. Las esposas de unión de los atlanes son reconocidas en toda la coalición. Nadie tendrá ninguna duda sobre a quién le perteneces, nunca. De igual modo todos lo que me vean sabrán que soy tuyo.

—¿No puedes quitártelas?

Sacudí la cabeza, deseando que comprendiera.

—Me marcan y señalan que soy tuyo hasta que la fiebre haya pasado, compañera. Cuando eso suceda se pueden quitar, pero seguiremos estando emparejados. Eso *jamás* cambiará. Usarlas indica que he sido reclamado. Que tengo una pareja. Que alguien me ha tomado. He elegido a una mujer. A ti. —Agité el par de esposas pequeñas que colgaban de mi mano—. Estas son tuyas. Sé mi compañera y juntos salvaremos a tu hermano.

Su boca se abrió de par en par y pude ver, prácticamente, cómo su cerebro estaba analizando todo.

Se cruzó de brazos; no de manera desafiante, sino por protección personal. Estaba molesta, indecisa, y prácticamente se estaba abrazando a sí misma. ¿Alguna vez había tenido a alguien que solo *la* sujetara? ¿Protegiera? ¿Defendiera de los males de la vida? ¿Era tan fuerte porque quería serlo o porque los hombres que habían pasado por su vida la habían dejado vulnerable y expuesta?

—El comandante no nos dejará ir.

—Eso es cierto, mientras sigamos siendo capitanes en la flota de la coalición. También es cierto, compañera, que una misión de rescate de un solo soldado no es algo prudente. Pero si te colocas mis esposas, entonces eso señalará que eres una novia, y yo un atlán con pareja. Ambos nos libraremos del servicio militar.

—¿Solo por colocarnos las esposas?

—Si te las colocas, entonces te estás comprometiendo a aliviar mi fiebre. A acabar con ella. Recuerda, se llama fiebre de *apareamiento* y por esto te estarías comprometiendo a ser mi compañera.

—¿Las esposas finalizarían nuestro contrato militar?

Asentí.

—Ya no perteneceremos a la flota, Sarah, sino el uno al otro. Ya no estaríamos obligados a obedecer las reglas y decretos de los comandantes de la coalición.

Miró las esposas, pero se negó a tocarlas. Pero estaba escuchando, y eso era todo lo que necesitaba ahora mismo.

—He jurado que te ayudaría a recuperar a tu hermano. Por mi honor, te ayudaré así elijas usar mis esposas o no. Sin embargo, si no te declaras como mi novia y decides venir conmigo, estarás desacatando una orden directa del comandante Karter. Si tenemos éxito, podrías recuperar a tu hermano, pero también podrías pasar varios años en una celda de la prisión de la coalición.

—¿Por qué haces esto? —Sus ojos se conectaron con los míos, pidiéndome la verdad—. ¿Por qué me estás ofreciendo estas cosas? ¿Por qué arriesgar tu vida por mi hermano? Ni siquiera nos conoces.

—Nada me importa, excepto tú.

Pronuncié esas palabras con vehemencia, asombrado al descubrir que había dicho la verdad. Mi deseo de seguir luchando contra el Enjambre se había esfumado en el momento en el que la había visto. Nada me interesaba, nada que no fuese conquistarla, hacerla mía. Nunca habría imaginado que sentiría un cambio de sentimientos semejante en un período de tiempo tan breve. Solo habían transcurrido algunas horas desde que había dicho que no quería una compañera. Ahora, ahora no quería librarme de ella jamás. No bajé las esposas, pero las mantuve en un sitio en donde pudiese verlas.

—No soy... no soy como la mayoría de las mujeres de tu planeta, ¿cierto? ¿Cómo puedes quererme?

—No —afirmé—. Las mujeres de Atlán son delicadas, Sarah. Ellas cuidan y sanan, no luchan. No tienen tu intensidad.

—¿Eso es lo que quieres? ¿Que me deje pisotear?

Fruncí el ceño.

—No comprendo esa expresión.

—Que sea una mujer que nunca discute, que hace cada cosa que le ordenas hacer. Una mujer sumisa.

Las mujeres atlanes *eran* sumisas. No eran sumisas porque fuesen obligadas a serlo, sino porque así eran criadas. Se sentían felices con sus roles, confiaban en que sus compañeros las cuidarían. ¿Pero Sarah? Definitivamente no era atlán, y dudaba que algún día fuese sumisa.

Sonreí.

—¿Tú? ¿Sumisa? Te he conocido por dos horas y sé a ciencia cierta que eres de todo menos eso.

Frunció sus labios, y vi cómo el color subía a sus mejillas.

—Jamás dije que quería una mujer sumisa de Atlán.

No dijo nada, pero me miró con dudas.

—No miento, Sarah. Si no confías en mí, puedes confiar en los protocolos de emparejamiento. *Eso* no miente. Si realmente hubiese querido una mujer atlán, habría sido asignado a una. Te quiero a *ti*. Quiero que tu fuego me consuma desde adentro.

El beso no había sido suficiente. Solo había sido una muestra de cómo sería todo entre nosotros. Excitante, volátil, apasionado. Quería sentir a esta mujer debajo de mí. Quería sentir toda la ira, la frustración, la intensidad que tenía convirtiéndose en pasión. Quería que apuntara esa pasión hacia mí. No cabía ninguna duda de que era feroz, y que sería una amante deseosa y agresiva. Usaría esa ferocidad para darle placer. No la reclamaría suavemente. Lo haría tosca y salvajemente, y necesitaría luchar con ella durante cada segundo para tener el control, pero la batalla haría que su sumisión tuviera un sabor mucho más dulce. Ella lucharía consigo misma, trataría de resistirse a lo que necesitaba. Eso era algo seguro. No porque yo la dominara, sino porque pondría a prueba sus límites; me deleitaría al hacer que se revolviera y al descubrir sus deseos más profundos. La presioné, inclinándome hacia adelante y probando sus labios una vez más, asegurándome de que supiera lo mucho que la quería. La solté y deslicé mi mano hacia su espalda, elevando más su cuerpo sobre mi muslo hasta que nuestros cuerpos hicieron contacto y su estómago rozó mi erección, dura como una piedra. Sus manos se posaron sobre mis bíceps, pero me devolvió el beso, no me alejó.

Alguien llamó a la puerta y rompí el beso, reacio a perder la intimidad que había tenido con mi compañera. La sostuve contra mi pecho; su pequeño cuerpo estaba a salvo entre mis brazos. Traté de ser delicado a pesar de que la bestia me exigía tirarla al piso, hacer pedazos su chaleco y tomar lo que me pertenecía.

—Di que sí, Sarah. Sé mía.

—¿Si digo que sí, prometes ayudarme a encontrar a mi hermano?

Tocó una de las esposas con un dedo, y se sacudieron.

—No miento. *Jamás* le mentiría a mi compañera. Como no sabes esto, ni me conoces, te doy mi palabra. —Posé mi mano derecha sobre mi corazón, y las esposas se balancearon entre nosotros—. Te ayudaré, ya sea que aceptes la unión o no.

Me miró, buscando algún tipo de engaño. No había ninguno, pues la ayudaría sin importar su decisión. Si me rechazaba, simplemente iría a buscar a su hermano por mi cuenta e impediría que fuese a parar a una celda en la prisión de la coalición. Poco después moriría. La bestia que tenía dentro estaba tan cerca que podía sentirla en mi lengua. Sin una compañera, mi destino sería ser ejecutado, pero no la obligaría a que tomase esa decisión. Si muriera, conseguiría el descanso eterno a mi manera, con mi honor intacto.

Si decía que sí, si se ponía mis esposas en sus muñecas, no tenía otra opción más que ir junto a ella a encontrar a su hermano; pues no solo le había dado mi palabra, sino que una vez se hubiese colocado las esposas no podríamos estar muy lejos el uno del otro, no hasta que estuviésemos realmente unidos.

O peor aún, si traicionaba su confianza jamás me permitiría que la follara, y mucho menos establecer lazos emocionales con ella. Sin esto, moriría.

Entonces, ella tenía todo el poder en sus manos. Los dos estábamos en un dilema. Ambos nos necesitábamos. Cada uno tenía un precio que estaba dispuesto a pagar. Expondría a mi compañera al peligro para encontrar a su hermano. Ella se convertiría en mi pareja. Permanentemente. Basándonos en el beso, no sería difícil.

—Muy bien. Acepto.

Entonces gruñí, con voz grave y profunda. Oír esas palabras saliendo de sus labios apaciguaba a la bestia de una manera que ni siquiera el beso había conseguido. Se movía inquietamente e intentaba escapar, pero escuchar que estuviese de acuerdo con ser mi compañera me aliviaba. Aliviaba todo mi ser.

Me dirigí hacia la puerta y la abrí para que el comandante entrase. Sabía que no había ido demasiado lejos. Yo no solo era un exguerrero rebelde que se había teletransportado en medio de una batalla y había hecho trizas a los ciborgs del Enjambre, sino también el atlán que quería unirse a una de sus oficiales de más alto rango.

Entró a la sala y nos miró a los dos.

—No puedes aceptar el plan del caudillo —dijo. Era un hombre astuto, sabía exactamente lo que le había ofrecido y lo que esto le costaría.

—Ya lo he hecho.

—Capitana, debo cuestionar la sensatez de tu decisión —replicó el comandante—. Usa la lógica. Usa esa mente analítica que tienes, Sarah. Tu hermano se ha ido. No hagas este sacrificio cuando no hay esperanzas de traer de vuelta a Seth con vida.

—Seth todavía vive. Puedo sentirlo. Le he dado mi palabra a mi padre. No puedo perderlo, también. Es todo lo que me queda. Lo siento, comandante Karter, pero debo encontrarlo.

Esa última palabra era como un mantra que se repetía en sus labios. Tiró de los brazaletes que tenía en sus antebrazos y los dejó caer al suelo. Cogiendo las esposas, se arremangó la camisa para revelar sus antebrazos. Abriendo una y luego la otra, se colocó las esposas alrededor de sus muñecas. Estas se sellaron automáticamente y se cerraron firmemente en su delicada piel.

Contemplándome, ladeó su mentón y se volvió hacia el comandante.

—¿Ahora qué?

El comandante suspiró.

—Capitana Mills, te has puesto las esposas de unión de un hombre de Atlán, por lo tanto, serás efectivamente transferida al Programa de Novias Interestelares de inmediato. Has sido destituida de tu puesto de mando. Ya no eres un miembro de la flota de la coalición. Debes entregar tu pistola de iones.

Extrajo el arma de su cadera con precisión y se la entregó al prillon. Parecía no tener ninguna duda sobre su decisión. De hecho, su carácter definitivo parecía hacer más firme su determinación.

El comandante Karter se volvió hacia mí.

—Bien, supongo que has obtenido lo que buscabas. —Se pasó una mano por su cabello con un suspiro audible—. Ve a hablar con Silva en el piso de civiles. Te asignará unos cuarteles temporales.

Sarah colocó sus manos sobre sus caderas.

—No nos quedaremos. Nos transportaremos de inmediato.

El comandante negó con la cabeza.

—Me temo que eso es imposible.

—¿Qué? Le prometo que cuando nos hayamos transportado al sitio en el que el Enjambre raptó a Seth, nos apartaremos de su camino.

—No habrá más transporte hasta las trece cero de mañana, como muy pronto —cuando se quedó boquiabierta del impacto, él añadió—: Una tormenta de residuos magnéticos está pasando por nuestra zona. Es demasiado peligroso. Todo el sector se ha cerrado. No hay transporte ni vuelos.

—¡No!

No habría transporte, ni combates ni movimiento alguno por casi dieciséis horas. Normalmente, todos en el batallón celebraban estas extrañas tormentas magnéticas, pues les permitían descansar y relejarse obligatoriamente. Los ojos de Sarah encontraron los míos y pude leer su mirada fácilmente. Estaba preocupada por su hermano, por el tiempo adicional que tendría el Enjambre para torturar y modificarlo. Pero también se preguntaba qué le iba a pedir exactamente durante las siguientes dieciséis horas mientras esperábamos.

Si no podía llevarla con su hermano, podría ofrecerle una digna distracción. Quizás una buena y larga noche de sexo despejaría nuestras cabezas.

7

arah

Recogí mis brazaletes del suelo, me di la vuelta y abandoné la sala de estrategias del comandante y a mi nuevo *compañero*.

Entonces, ¿era la pareja de un señor de la guerra atlán que besaba como un dios? Como sea. Cuando salí de la oficina del comandante tiré de las esposas, tratando de quitármelas. Podría ser la compañera de Dax, pude haberme follado su firme muslo, pero no necesitaba usar estas malditas cosas. Me las había puesto como parte del espectáculo para el comandante Karter, no era que fuese a retractarme de lo dicho. Porque no lo haría. Cuando Dax me ayudara a recuperar a mi hermano trataría de ser una buena mujercita. Basándome en el modo en el que besaba, una aventura de una noche sería bastante excitante. ¿Hasta ese entonces? No necesitaba usar estas... Tiré y tiré de ellas... eran signos visibles de que estaba vinculada al jefe militar.

De que era mi dueño. De que le *pertenecía*. Mi palabra era más que suficiente.

Traté de forzarlas. Nada. Maldición. Eran ajustadas, pero por lo menos podía meter mis dedos por debajo de los anillos dorados. A pesar de todo, no cedían. Joder, ¿en dónde estaba el broche?

Asentí a dos guerreros que me saludaron al pasar por el vestíbulo. Probablemente eran los dos últimos saludos que recibiría, pues ya no estaba en la flota de la coalición. Había durado aquí dos meses, no dos años. Por lo menos, no estaba muerta. Aunque era posible que ser *su...* pareja fuese mucho peor.

Era impetuoso y atrevido, y aquella sonrisa ladeada solo mostraba una arrogancia que me enloquecía. Por alguna razón, él solo tenía que respirar y ya me sentía enojada. Y excitada. ¿Qué era lo que tenía? ¿Qué tenían sus besos que me volvían loca? Y me *excitaban*. Dios, él *era* ardiente. De algún modo había logrado que *quisiera* que me tocase. Me había dicho lo que quería hacerme —y daba gracias que lo hubiese hecho en privado—; cosas cavernícolas, cosas carnales, mientras yo me derretía a sus pies.

No era solo eso, sino que lo había besado como una mujer impaciente por sus insinuaciones. Al principio le había besado también pues, demonios, ¿por qué no probar lo que me estaba ofreciendo? Pero cuando sus labios tocaron los míos, fue una sensación de *más*. *De que me diera más*. Su musculosa pierna acariciaba el lugar entre mis piernas, y me elevó para que conectáramos perfectamente. Mi sexo ansiaba sentirse lleno y mi hinchado clítoris se había estimulado. Entre su lengua dentro de mi boca y la manera en la que cabalgaba su pierna, había estado de camino al orgasmo. ¡Qué poca vergüenza! Incluso había gruñido mientras me humedecía, como si pudiese olerme o algo así.

Ningún hombre había hecho que me sintiese así antes. Me había inmovilizado contra la pared, completamente a su merced. Jamás me había gustado estar a la merced de *alguien*, pero con Dax, con sus besos, sus caricias, sus susurros y su... Joder, la sólida sensación de su polla en mi vientre, en donde la armadura no me cubría... Quería todo eso.

Pero no había tomado la decisión de ser su compañera en algún tipo de frenesí sexual. Había accedido a su trato porque quería hallar a Seth. Me ayudaría a hacerlo, y no tendría que pudrirme en la cárcel por el resto de mi vida. Con el tamaño de Dax, con su valentía y su fuerza bruta, sabía que era mi mejor opción para recuperar a mi hermano.

Respiré hondo y entonces me dirigí al final del vestíbulo, con dirección al ascensor de la nave. Dax se había quedado en la sala del comandante, y no comprendía por qué. Me seguiría, eventualmente, porque teníamos un trato. Había dicho que moriría sin mí, lo cual significaba que su especie era un serio desastre. Demonios, yo había vivido veintisiete años sin un esposo y me iba fenomenal.

Claro, mi vagina prácticamente había cogido polvo por el desuso, pero ¿quién necesitaba a un hombre, y todo el drama que esto ocasionaba, cuando existían vibradores potentes? Los vibradores jamás me hacían enojar. Claro, un vibrador no tenía manos enormes ni un cuerpo musculoso y duro como una piedra ni un comportamiento intenso. Tampoco podían besar como si no hubiera un mañana.

Bien, vale. Dax era mejor que un vibrador. Por ahora. No tenía ninguna duda de que desearía volver a tener el confiable y silencioso consolador la primera vez que me negara a actuar como una chica débil y silenciosa.

—¡Ah! —grité, súbitamente mis esposas comenzaron a

provocarme un dolor punzante en las muñecas—. ¡Maldición!

Paré de moverme y cubrí una de las esposas con mi mano. El dolor no disminuyó, sino que se irradió hacia mis brazos. Era como ser electrocutada, pero sin poder retirar la mano del cable de alta tensión. No me sorprendería si mi cabello hubiera comenzado a echar chispas. ¿Qué rayos me había hecho el guerrero?

Ya acabada la fase de luna de miel, me di la vuelta y volví a entrar al vestíbulo. Justo antes de entrar en el alcance del sensor de la puerta del comandante, el dolor se detuvo, pero un agudo hormigueo persistió. Sacudí mis manos haciendo que la sangre circulara. ¿Quizás era un cable suelto en la esposa? ¿Un mal contacto o algo así? Respiré hondo, el dolor desapareció por completo. Una vez más me di la vuelta y comencé a caminar por el vestíbulo. No llegué más lejos que la última vez, y el dolor regresó. Esta vez sabía qué esperar y refunfuñé con ira, no con dolor.

Ese imbécil. ¿Qué demonios estaba haciendo? ¿Era un mando a distancia? ¿Me estaba observando ahora mismo y riéndose de mí?

Caminé hasta la puerta, pero esta vez no me detuve cuando se abrió. Los dos hombres estaban de pie en el mismo sitio en donde los había dejado. El comandante me miró y el caudillo tenía una sonrisa de suficiencia en el rostro.

—Has vuelto —bufó Dax.

Alcé mis manos.

—Sí, tal parece que las esposas que me has dado están defectuosas.

—¿Oh?

—Como si no lo supieras —refunfuñé.

El comandante rio entre dientes y me dio una palmada en la espalda al salir de la sala.

—Es una suerte que esta pequeña riña amorosa ya no sea mi responsabilidad —dijo, enojándome aún más que Dax.

Fruncí los labios y salí de la sala hecha una furia, pero esta vez me aseguré de que Dax estuviera justo a mis espaldas.

Estábamos solos en el vestíbulo. Solo el suave zumbido de los sistemas de la nave podía oírse cuando me volví contra él, lista para pelear.

Dax subió sus manos y habló antes de que pudiese gritarle.

—No le he hecho nada a tus esposas —dijo—. Están funcionando adecuadamente.

—¡Se siente como una terapia de electrochoque! Eso no es funcionar adecuadamente. —Tiré de ellas nuevamente.

—Las parejas de Atlán que aún no tengan lazos estrechos y usen las esposas deben permanecer a cien pasos de distancia del otro, de lo contrario las esposas provocan un... dolor que exige que vuelvan a estar cerca.

—¿Cerca? —grité, sabía que estaba perdiendo la cabeza, pero que me ataran con una correa, como a un perro, me enojaba.

—¿Siempre gritas? —replicó.

—¿Siempre lastimas a tu compañera?

Su expresión y su actitud cambiaron al oír mi pregunta, y avanzó hacia mí hasta que mi espalda chocó nuevamente contra la pared. No pude evitarlo, observé sus labios, preguntándome si me besaría otra vez.

—Sarah Mills de la Tierra, eres mi *única* compañera. Lo último que deseo hacer es lastimarte de algún modo. Mi trabajo es protegerte, y mi privilegio darte nada más que placer.

Me sonrojé al sentir el roce de sus labios sobre los míos, la manera en la que su firme pierna hacía que mi clítoris se hinchara y sintiera un cosquilleo, pero lo ignoré.

—Sin embargo, estas... cosas —agité mis manos—. Duelen.

—¿No piensas que también me duelen?

Eché un vistazo a sus muñecas, las esposas doradas estaban allí.

—¿Las tuyas también te han causado dolor?

Asintió, un bucle oscuro cayó sobre su frente.

—Estamos emparejados, y lo que te duele, me duele. Lo que te da placer me da placer. No puedes estar a más de cien pasos de mí sin sentir dolor, pero esta restricción es para ambos. No puedo estar lejos de ti, tampoco, hasta que la fiebre desaparezca.

Eso quería decir sexo. Mucho, mucho sexo salvaje.

Lo miré.

—Te ves bien ahora.

—La fiebre viene en momentos esporádicos. Como sucedió en la batalla, te aseguro que sabrás cuando la tenga otra vez.

—Si estás esposas duelen tanto, ¿entonces por qué no has venido a buscarme?

—Porque, aunque eras tú la líder de tu escuadrón, yo soy el líder de nuestra relación, y de nuestra misión para rescatar a tu hermano.

Aparté su rostro de mi vista y comencé a caminar por el vestíbulo.

—Por *esta* razón no quería un compañero. Por *esto* es que no estaba de acuerdo con tener una pareja. Los hombres y sus reglas. Sois todos completamente irracionales.

—Solo has estado dos meses en el espacio. Yo he liderado tropas de la coalición durante más de una década. Conozco al Enjambre mucho mejor que tú. Yo sé *más* acerca de lo que requerimos para traer a tu hermano de vuelta. Y soy un atlán, tú no.

No me volví para mirarlo. Estaba enojada, enloqueciendo, y definitivamente perdiendo el juicio. No podía alejarme más de cien pasos de este hombre sin sentir un dolor terrible. ¿Por qué no había mencionado eso *antes* de que accediera a ponerme los brazaletes?

—Cuando encontremos a tu hermano viviremos en Atlán. Te mostraré mi mundo. Hay tantas experiencias que todavía debes vivir. Preferiría que ambos estuviéramos vivos para experimentarlas.

—Así que quieres que siga tus órdenes, puesto que soy... nueva en la vida espacial.

—En parte, pero soy un hombre atlán y estoy a cargo. Si eso no es suficiente para que dejes tu orgullo atrás, para hacer que tu subordinación sea aceptable, también soy tu oficial superior.

—Ya no. Ahora soy una civil, ¿recuerdas?

Fruncí mis labios. ¿Rendirse? Dios, tenía un problema, pues yo no me *rendía* ante nadie.

—El hombre está a cargo, Sarah. Es nuestra costumbre y estilo de vida atlán.

—Sí, me has dicho cómo son las mujeres atlanes.

—Sí, pero tú *quieres* que yo esté a cargo. Quieres que tu compañero sea el líder. —Elevó su mano hasta el nivel de mi mejilla, y ladeó mi rostro para que mirara hacia arriba, a sus ojos—. No necesitas resistirte, Sarah. Ya no más. Estoy aquí ahora. Te cuidaré, como realmente deseas.

Mis ojos se abrieron con incredulidad.

—¡No *necesito* que un hombre me cuide, y definitivamente no *quiero* uno! —repliqué.

—Quieres, de lo contrario no habríamos sido asignados al otro.

—¿Luzco como una mujer que quiera recibir órdenes todo el tiempo?

Ladeó su cabeza para analizarme.

—No, pero te gustó cuando te besé. Allí no tenías el control.

Hice una mueca, pues no podía negar la reacción que había tenido a ese beso, por lo menos no honestamente. Él tenía razón. Me había gustado que me inmovilizara contra la pared y tomara lo que quisiese. ¿Qué mujer no quería ser follada y sujeta a una pared? ¿Qué mujer no quería un hombre dominante en la cama? ¿Qué tenía de divertido cogerle las pelotas a un hombre y darle órdenes todo el tiempo? Nada. Pero eso no significaba que quería que fuese mi jefe. Ya había tenido suficientes jefes a lo largo de mi vida. El comandante Karter era solo el más reciente de una larga fila de superiores, y era un grano en el culo.

¡No quería estar legalmente unida a alguno de ellos!

En cuanto al beso, tenía que confesar que quería que lo hiciera de nuevo, y que no se detuviera hasta que ambos estuviésemos desnudos y agotados. No porque él quisiese estar a cargo —de todo—, sino porque yo era solo una humana y tenía partes femeninas que anhelaban sentir una polla de verdad.

—¿Entonces qué sucede ahora? —Di una palmada en la pared de metal que estaba a mis espaldas, incapaz de resistir provocar a la bestia—. ¿Lo hacemos justo aquí para que pueda curar tu fiebre de apareamiento?

Sus ojos se entrecerraron y apretó la mandíbula.

—Aunque la idea de follarte contra esa pared es apetecible, no te tomaré contra tu voluntad, ni en un lugar público.

—¿Por qué no?

Me sentí aliviada al oír sus palabras, pero no pude evitar retroceder y alcé las manos por encima de mi cabeza. Apoyé mi espalda contra la pared y lo observé con una mirada de abierto desafío. La necesidad de poner a prueba su autocontrol me tentaba como un demonio. Tenía que saber cuánto podía presionarlo, con qué tipo de hombre me estaba enfrentando.

Avanzó hacia mí hasta que la corriente más insignificante de aire nos separaba. Su aroma invadió mi cabeza y quería zambullirme en él; olía demasiado bien, a chocolate oscuro y cedro, dos de mis cosas favoritas. Me relamí los labios mientras lo miraba fijamente, retándolo a hacer algo descabellado, retándolo a acabar con mi confianza.

Su voz era un susurro.

—Porque eres mía, y nadie que no sea yo verá tu cuerpo desnudo. Nadie oirá tus gritos de placer cuando te tome. Tu piel es mía. Tu respiración es mía. Tu coño caliente y húmedo es mío. Las súplicas y gimoteos que sacaré a la fuerza de tu garganta son míos. No compartiré nada.

No podía respirar, me estaba ahogando en él y en la erótica promesa que había en sus palabras.

—Pero ten en cuenta esto, compañera; si continúas desafiándome, tentándome a que te deshonre, te arrancaré esa armadura de tu suave cuerpo y te pondré sobre mi rodilla. Tampoco me mentirás. Tendré tu respeto, Sarah Mills, o tu culo se volverá de un color rojo vivo antes de que te llene con mi polla.

¿Qué demonios? Traté de procesar aquello mientras él ladeaba su cabeza y me observaba. Mi pulso se sentía como un golpeteo en mis oídos mientras luchaba por recuperarme de todas las maliciosas palabras que había dicho, pues de repente la idea de su firme mano sobre mi trasero me hacía estremecer, y no de furia. Maldición, lo había notado.

—¿Te excita cuando te azotan?

—¿Qué? ¡No! —contesté, sus palabras se sintieron como si un cubo de agua fría me hubiese caído encima—. No te atrevas siquiera a pensar en eso, Dax de Atlán.

Entonces sonrió, y lucía más guapo que nunca, y mi respiración se detuvo en mi garganta.

—Me deseas, mujer. Deseas que mi dura polla te llene. Quieres que te toque en todos lados, que te reclame, que te haga mía. Admítelo.

—No. No quiero un compañero, Dax. Quiero salvar a Seth. —Negué con la cabeza, pero mi corazón estaba latiendo con tanta fuerza que estaba segura de que él podía oírlo, incluso con mi armadura de por medio.

No quería que sus palabras fuesen ciertas, pero lo eran. Joder, sí lo quería. Quería todo eso. Pero no hasta que tuviese a mi hermano aquí, sano y salvo.

—Te ayudaré a traer de vuelta a tu hermano. Te he dado mi palabra. —Se inclinó hacia mí, sin darme ningún espacio para respirar—. También quieres que te cuide, que te mantenga a salvo.

—No, no quiero. Puedo cuidarme sola.

—Ya no.

—Esto es una tontería, Dax. —Puse mis manos en su pecho, empujándolo—. Debemos irnos. Tenemos que planear una misión de rescate.

—Eres la mujer más complicada que he conocido.

Puse mi dedo sobre su pecho.

—Tú eres el hombre más obstinado, chauvinista, arrogante...

Las espirales de color gris oscuro que adornaban una de las resplandecientes esposas doradas me rozaron mientras lo pinchaba con el dedo. Era un signo de propiedad, como un collar en un perro. Rodeando mi muñeca con mis manos, tiré del estúpido brazalete.

—Quítame estas cosas. He cambiado de parecer.

Oí cómo un grave gruñido salía desde su pecho. Cogió mi muñeca y me arrastró con él a lo largo del vestíbulo. Estaba buscando algo. Cuando presionó un botón de entrada, una puerta aleatoria se abrió y me metió dentro. El sensor de movimiento de la sala hizo que la luz se encendiese, y pude ver que me había llevado a una sala angosta llena de paneles eléctricos. No tenía idea de lo que hacían, pero una pared estaba cubierta de cables y luces intermitentes. El piso y las otras paredes eran de color azul, indicando que esta sala era operada con ingeniería.

—¿Qué demonios, Dax? —dije, seguido de una sarta de malas palabras.

—Pon tus manos sobre la pared.

Miró por encima de su hombro y presionó un botón al lado de la puerta cerrada, echando el pestillo.

Me quedé boquiabierta. Aunque la invitación era bastante excitante —por lo menos en lo que respectaba a los pensamientos pervertidos que su orden había producido—; ahora me sentía enojada.

—No sé lo que crees que haces, pero no voy a follarte dentro de un armario.

—¿Quién dijo algo sobre follar? —respondió con calma.

—¿Entonces qué estás haciendo?

—Te voy a dar unas nalgadas, claro.

Mi espalda chocó contra la pared que estaba frente a los paneles eléctricos, mis manos tocaban el frío metal.

—¿Qué?

Realmente había perdido el juicio.

—Lo necesitas.

Dax avanzó un paso. Joder, era tan inmenso y esta sala era tan endemoniadamente pequeña.

—¿Que necesito qué? ¿Unos azotes? —Me reí—. Sí, claro.

—Me has mentido, en repetidas ocasiones. Te lo había advertido, compañera. Ahora eres mía, y haré lo necesario para asegurarme de que sepas eso.

—Estás loco. ¿Todos los hombres atlanes son así de complicados o eres solo tú?

—Sigues mintiéndome, a mí y a ti misma. Con el tiempo, compañera, vendrás hacia mí y me dirás cuando te sientas atemorizada, cuando necesites que mis caricias te tranquilicen, que serenen tu pánico. Hasta ese momento, mi trabajo es saber cuándo necesitas una mano dura.

—¿En mi culo? Vaya que no.

—No admitirás que tienes miedo, que todo lo que ha sucedido hoy es abrumante. Eres fuerte. Lo sé. Pero yo lo soy más. Puedes confiar en que te cuidaré, Sarah. Estás atacando en vez de admitir la verdad. Me retas a disciplinarte por tu falta de respeto, por tus insultos sobre mi carácter y mi honor. Lo que asumo es que necesitas que yo tome el control, pero no sabes cómo pedírmelo. Y por esto no esperaré hasta que lo confieses, Sarah, simplemente te daré lo que necesitas.

Sus palabras hicieron que mi estómago diese un vuelco. Era tan grande, tan enorme, incluso. Era un alienígena, un señor de la guerra atlán a cargo de cientos, miles de soldados. Y por mucho que quisiera poner cara de valiente, *estaba* aterrada. Lo más probable era que mi hermano estuviese muerto, como el comandante había dicho; o a punto de convertirse en un soldado del Enjambre. No podía fallarle.

Ahora estaba emparejada con Dax y yo no era una mujer atlán *normal* y sumisa. Seguramente le fallaría a él también. Tan pronto como se diese cuenta de que yo no era lo que quería, se quitaría las esposas de las muñecas y me enviaría a freír espárragos. Me iría a casa sola y derrotada. Perdida. Sin mi familia.

Sentí cómo la primera lágrima bajaba quemando la piel de mi mejilla, y sacudí mi cabeza en negación, apartándome de Dax para que no fuese testigo de mi debilidad, para que no supiese que había tenido razón. *Sí* quería que tomara el control. La presión me estaba asfixiando, sofocando; y la idea de dejarme llevar, de darme por vencida... ante alguien más era como una tentadora droga en mi organismo. Mi mente gritaba que esto estaba mal, pero mi corazón latía con miedo y anhelo; la guerra que estaba dentro de mí amenazaba con partirme en dos.

—Pon tus manos en la pared, Sarah.

Solo sacudí la cabeza. Aunque lo deseara, eso no significaba que dejaría que lo supiera. Debía seguir siendo fuerte. Podía oír la voz de mi padre en mi cabeza diciéndome que nunca llorara, que nunca sintiera miedo o dolor. "Debes ser fuerte, Sarah, el mundo no tolera debilidades".

Dax se acercó, posó una mano alrededor de mi cintura y me dio la vuelta. No tuve más opción que colocar mis manos sobre la pared, temiendo poder caerme. Tomó mis caderas y tiró de ellas para que estuviese inclinada. Comencé a levantarme, pero una enorme mano aterrizó sobre mi trasero, cubierto por mis pantalones.

—¡Dax! —grité, atónita por el sorprendente escozor de su palma contra mi trasero.

—Deja tus manos en donde están. Culo al aire.

—No dejaré que...

¡Zas!

—No estás dejando que haga nada. Te estoy dando las nalgadas que necesitas y no tienes otra opción.

Sus manos se dirigieron hacia la parte de enfrente de mis pantalones y los desabrochó, bajándolos junto con mis bragas hasta mis caderas, y luego los dejo allí alrededor de mis muslos. Sentí el frío aire en mi trasero desnudo y sabía que era algo que llamaba la atención para él.

—¡Dax! —grité de nuevo, sintiéndome más vulnerable que nunca.

No me dejó así por mucho tiempo, pero comenzó a darme nalgadas, atizando un lado de mi culo y luego el otro; jamás golpeaba el mismo lugar dos veces. No era demasiado difícil, pues no podía más que imaginar lo fuerte que podría atizarme si así lo quisiera. Eso no significaba que no me doliese, que mi piel no estuviese encendiéndose como fuego.

—Estoy aquí para ti. No te dejaré. Encontraré a tu hermano. Cuidaré de ti. Sé lo que necesitas. No me mentirás. No me hablarás con un tono irrespetuoso. No negarás las necesidades de tu cuerpo ni nuestra unión otra vez.

Me atizó una y otra vez mientras las lágrimas bajaban por mi rostro, como si fuesen un río de angustia que había contenido por años; cada nalgada que provenía de su mano era como una granada de emociones, mientras sentía que mi control se esfumaba.

Apreté mis dedos en la pared, pero no tenía ningún apoyo.

—¡Dax! —grité otra vez, pero ahora mi voz estaba llena de emoción pura, no de ira.

—Nadie vendrá a esta sala. Nadie nos ve. Nadie pensará que eres débil. Para de negar lo que necesitas. Para de esconderte de mí. Déjate llevar.

Entonces negué con la cabeza.

—No.

Su mano se detuvo por unos breves momentos y acarició mi piel abrasada.

—Ah, Sarah Mills, di estas palabras: No siempre tengo que ser fuerte.

Luego de un minuto en el que su mano acariciaba mi piel con paciencia, finalmente susurré:

—No siempre tengo que ser fuerte.

—Buena chica. —Me dio una nalgada nuevamente y me sobresalté—. Seré honesta con mi compañero y conmigo misma.

Repetí sus palabras.

—Puedo confiar en que mi compañero me cuidará.

También las dije, y las nalgadas se volvieron en algo más, en mi mente. No golpeaba mi culo porque estuviese castigándome, lo hacía porque había percibido algo en mí que ni siquiera yo sabía que existía. No tenía idea de cómo o por qué necesitaba unos azotes, pero solo el saber que estaba inclinada y que Dax no me daba otra elección, que estaba haciendo que me olvidase de todo, era liberador. Los punzantes azotes tenían la maravillosa habilidad de desconectar mi mente, y podía confiar en que estaba cuidándome. Nada malo podría sucederme mientras hacía esto. Nadie sabría que mi trasero estaba desnudo y probablemente volviéndose de un color carmín. Nadie vería las lágrimas en mis mejillas. Nadie me vería, nadie que no fuese Dax.

No estaba riéndose de mí. No pensaba que era débil. Me estaba regalando un momento en el que nada podía lastimarme y en el que podía olvidarme de todo. Me estaba ayudando a liberar todo el estrés y las emociones contenidas que ni siquiera sabía que estaban asfixiándome. Arrepentimiento. Miedo. Ira. Culpa. Todo estaba allí, dando vueltas como una tempestad en mi pecho, saliendo como torrente en las lágrimas que descendían por mis mejillas hasta que estuve vacía, pero en paz, como el mar luego de una tormenta.

—Le pertenezco a Dax y él me pertenece a mí —añadió Dax.

Repetí aquellas palabras, sintiéndome demasiado cansada como para resistirme a él o a los deseos de mi cuerpo. Pero sus siguientes palabras hicieron que el ambiente de la sala pasase de sereno a excitante en un instante.

—Dax es mío. Su polla es mía.

Casi gruñí al oír el oscuro tono que escondían sus palabras; en mi cabeza aparecieron imágenes de él follándome desde atrás, justo aquí, justo ahora, en este estúpido y diminuto armario. Repetí sus palabras y las nalgadas pararon. Pensé que había terminado, pero su mano se posó sobre mi piel enrojecida, y entonces la deslizó entre mis piernas, entre mis pliegues para explorar la calidez que sabía que encontraría. Gruñó cuando sus dedos se encontraron con una húmeda bienvenida.

—Mi coño le pertenece a Dax.

Jadeé cuando introdujo dos dedos dentro de mí, y repetí sus palabras. Se inclinó sobre mi espalda para que su colosal cuerpo descansara sobre el mío.

—Estás empapada, compañera. Podría follarte ahora. Justo ahora.

Sus dedos entraron y salieron de mi centro de placer, y arqueé mi espalda. Cada una de sus palabras sexuales me había preparado para él. Aquel beso, sus manos sobre mi cuerpo, e incluso las nalgadas me hacían desearlo. Sabía que me cuidaría, sabía que en este momento no tenía que pensar en nada más que no fuesen sus dedos en lo más profundo de mí.

—Fuiste una buena chica y aguantaste muy bien mis azotes. Ahora puedes correrte.

Dejé escapar un sollozo mientras me follaba con sus dedos, usando dos para ensancharme y uno para frotar mi clítoris. Mientras mis lágrimas se secaban y mi mente se sentía felizmente vacía por primera vez en meses, mi cuerpo se hizo cargo, necesitando llegar al clímax. Necesitando que Dax me follase. Grité cuando el primer orgasmo me invadió; la embestida de Dax fue tan poderosa y profunda que mis pies casi se elevaron del suelo. Era imposible estarme quieta cuando las paredes de mi sexo se contraían con espasmos alrededor de sus dedos, con ganas de más. Mis dedos sudorosos se resbalaban de la pared y Dax enredó el brazo que tenía libre en mi cintura, alzándome hasta que estuve suspendida en el aire con mi espalda presionada contra su pecho y sus dedos dentro de mí.

No había terminado conmigo, y en cuestión de segundos me llevó al límite nuevamente. Contraje mis músculos alrededor de sus dedos mientras me corría. Incluso cuando las olas del orgasmo se calmaron, él mantuvo sus dedos en mi interior, sin moverlos. El placer y el escozor se fusionaron y lloré de nuevo; las lágrimas a las que no les había permitido salir por años corrieron por mis mejillas como si fuesen ácido. Dejé que todo saliera: el dolor por la muerte de mis hermanos y luego mi padre, el miedo de perder a Seth, el estrés de la autoridad, la culpa por los hombres a los que había perdido en combate. Sentí como si toda una existencia de dolor contenido hubiese estallado desde dentro.

Sacó sus dedos de mi interior y me sujetó entre sus brazos, abrazándome con fuerza. No podía recordar la última vez que alguien me había abrazado, la última vez en la que alguien me había sujetado. Claro, había tenido sexo antes, pero sin emoción alguna; había sido más un placer carnal que una conexión verdadera e íntima. Mi padre me había mantenido a raya, pues no era bueno para dar mimos. Con tres hermanos mayores y sin una madre cerca, en nuestra casa no hubo nada de afecto, nada de ternura. Se asemejaba más a una existencia como aquella en *El señor de las moscas*, en donde solo sobrevivían los más fuertes. Jamás me había lamentado por mi vida, ni por mis decisiones. Pero estar aquí, en los brazos de Dax, me hacía sentir cansada, mental y emocionalmente agotada de una manera que jamás me había permitido, de una manera que no se sentía segura.

¿Cómo era que un alienígena grandullón como él había visto más allá de mi blindaje —y no me refería a mi vestuario de guerrera— y sabido que necesitaba más? Yo era fuerte, quizás demasiado fuerte, y le había tomado diez minutos descifrarme como si fuese un acertijo.

Podía oír su corazón latir, incluso con su dura armadura de por medio. Por primera vez estaba tranquila y sentía una extraordinaria paz. *Nada* me sucedería ahora. Estaba a salvo y mi mente estaba en calma.

—¿Mejor? —preguntó, cuando mi lloriqueo hubo acabado.

—Mejor —respondí.

Mi cuerpo estaba débil y dócil, y mi trasero al rojo vivo y dolorido. Pero sentía que alguien me estaba prestando atención, y toda *para* mí. No sabía cómo, pero necesitaba aquel azote. Analizar mis reacciones me habría hecho enloquecer, así que me resigné a descubrirlo después.

Me puse rígida en sus brazos y me di cuenta de que mi trasero estaba al aire. Me subí los pantalones y ajusté el cierre, poniéndome en mi sitio de nuevo. Traté de alejarme, pues la vergüenza comenzó a extinguir la feliz sensación dentro de mi mente en el instante en el que solté sus brazos; pero él me detuvo colocando una mano en mi barbilla, alzándola para mirarla.

—Verte correrte es lo más hermoso que he visto nunca. —Su pulgar acarició mi mejilla y no pude evitarlo, me acerqué a él mientras continuaba—. Eres mía. Jamás estarás sola, nunca dormirás sola, nunca lucharás sola. Eres mía y jamás te dejaré.

—Dax. No puedo pensar en esto ahora. No puedo. Tengo que salvar a Seth.

—Salvaremos a Seth.

—Vale. Salvaremos a Seth.

Aunque odiaba admitirlo, contar con su ayuda era un enorme alivio.

—Y luego vendrás a casa conmigo y comenzaremos una nueva vida.

Asentí, incapaz de contradecirlo ahora mismo. Todos los muros que había construido tan cuidadosamente se habían esfumado, mi compañero los había echado abajo con su fuerza y voluntad de hierro.

—Bien, porque quiero que tus pequeños gemidos roncos sean solo para mis oídos. Las paredes de tu coño hicieron de todo menos exprimir mis dedos, pero quiero sentirte corriéndote en mi lengua. Quiero saborear tu boca y tu coño. Quiero sujetarte y llenarte con mi polla hasta que ruegues por tener tu orgasmo, y quiero que te corras una y otra vez hasta que implores que me detenga.

Demonios, eso era excitante. Dax era abierta y completamente desvergonzado al expresar su deseo por mí. Jamás había sentido algo tan real ni tan intenso.

Sentí su miembro duro y grueso contra mi panza.

—Y... esto, ¿y tú?

Alzó mi mano y recorrió con ella el camino de sangre seca que teñía mi piel; un recordatorio de todo lo que habíamos hecho hoy.

—La fiebre podría venir en cualquier momento. Cuando lo haga, mis acciones podrían estar un paso más allá de mi voluntad por controlarlas. Solo recuerda que eres la única que puede aliviarla. Lucharé por no tomarte si te resistes, pero mi vida estará en tus manos. Es posible que tú tengas que *tomarme*.

Lo imaginé tumbado de espaldas mientras lo cabalgaba como una mujer salvaje, su gruesa polla dentro de mí mientras conectaba mis caderas con las suyas, tomando lo que quería. No podía apartar la idea de tener a este fuerte y poderoso señor de la guerra apoyado sobre mi espalda y entre mis piernas, listo para mí. Cuando agregó una sonrisa ladeada al final de su declaración, supe que, aunque iba en serio, también estaba coqueteando. Este enorme alienígena lleno de sangre del Enjambre estaba coqueteando conmigo. Por primera vez no tuve ninguna réplica.

Sarah

Un sonido me despertó. Miré la oscuridad tratando de descubrir qué era y en dónde estaba. Tenía puesta mi camiseta de tirantes y mis pantalones cortos, que eran mi vestimenta habitual para dormir. La cama era suave, y el constante zumbido de los sistemas de la nave no me dejaba olvidar que ya no estaba en la Tierra.

Allí. Lo había oído de nuevo. Alguien estaba en la habitación.

—Luces, a media potencia.

La habitación se iluminó.

Todo volvió a mí en un instante. Estaba en los cuarteles de residencia temporal con mi nuevo compañero, esperando que la tormenta magnética pasase para que pudiéramos transportarnos. La habitación solo tenía una cama; nada de sofás ni sillas, lo que nos obligaba a compartirla. No estaba habituada a dormir con un hombre —usualmente una aventura de una noche no incluía una pijamada—. Pero esto no era un breve revolcón, este era mi compañero y me había quedado dormida con su enorme cuerpo encima, protegiéndome. Aunque la cama era grande, Dax también lo era; y había dejado de protestar cuando me atrajo hacia sí y se quedó dormido.

Sin embargo, ahora las sábanas estaban hechas una maraña. Yo estaba en la cama, pero Dax estaba en la esquina, sentado en el suelo. Estaba apretando los puños, su cuello estaba arqueado, su espalda desnuda brillaba con sudor y sus dedos tamborileaban contra el piso con un ritmo frenético.

—No te muevas. No podré salvarte —gruñó.

Me llené de preocupación, pero me mantuve quieta.

—¿Qué sucede? ¿Una pesadilla?

Sabía que había muchos guerreros que lidiaban con pesadillas debido a los horrores de la batalla.

—La fiebre. No te acerques, a menos que quieras tenerme todo dentro de ti y fuera de control.

Recordé la fuerza que había mostrado cuando cogió al soldado del Enjambre y le arrancó la cabeza. Mordí mi labio inferior con preocupación mientras me preguntaba qué tan peligroso sería.

—¿Crees que me lastimarías?

—No sé lo que la bestia hará, Sarah. No había tenido la

fiebre antes. Te puede sentir, te puede oler. Te quiere, y tú te encuentras allí —me apuntó con el dedo—, en una cama y usando esa ropa diminuta, con tus pezones duros. Te puedo oler...

Cerró sus ojos con fuerza para bloquear ese pensamiento.

No me lastimaría. En mi interior lo sabía. No tenía idea de dónde provenía esa seguridad, pero mi instinto me decía que no me haría daño. Ni ahora ni nunca.

Los pantalones de dormir de Dax eran negros, y la tela suelta no hacía nada para esconder el rígido contorno de su miembro. Causaba que sus pantalones se levantaran como una tienda de campaña y demostraba que *todo* en él era inmenso. Había dicho que la fiebre traía furia, ira, la necesidad de tener sexo.

—Has dicho que calmar a la bestia es tarea de la compañera —repliqué, deslizándome por la cama y gateando hacia él—. Y has dicho que puedo cabalgarte, Dax. Me lo prometiste.

Cada parte de su cuerpo se volvió rígida; tensa por su incansable energía y necesidad. Era como un modelo masculino, bien definido y con músculos firmes. Sus anchos hombros se fueron reduciendo gradualmente en tamaño hasta llegar a su estrecha cintura; había algunos vellos oscuros alrededor de sus tetillas color café, y descendían en una fina línea que finalizaba por debajo de sus pantalones. No solo tenía los típicos abdominales marcados, sino que los tenía por dos. No necesitaba una armadura para tener el cuerpo tan firme como una roca. Y allí, abajo, Dios... Allí abajo, su polla se sentía como un mástil debajo de la tela de sus pantalones. Físicamente ansiaba tocarlo, ansiaba sentir la suavidad de su piel, su calor, la sensación de su crespo pelo en el pecho. El grosor de su miembro. Su *sabor*.

—No creo que puedas aliviar esto, Sarah. Cuando la fiebre me asalta de lleno, y esto ni siquiera se acerca a eso, la única manera en la que me puedo mejorar es follando. Ni una vez ni dos veces. Sino una y otra vez hasta que finalmente haya quemado toda la energía y la necesidad que siento.

No sabía por qué la idea de tener a Dax sin ataduras era tan atractiva. Debería sentir temor, como él mismo había advertido, pero no lo sentía. No luego de ver la manera en la que me había mirado antes. Me había azotado y luego me hizo correrme. Aunque había sido dominante, no fue hiriente. Había sido... estimulante cuando por fin le cedí el control, cuando por fin comprendí que no tenía por qué ser fuerte ante él.

Así que, aunque él estuviese intentando ser fuerte para mí, era mi turno de darle lo que necesitaba. *Yo era* la única que podía hacerlo.

—¿Así que quieres tomarme con fuerza? —pregunté. La idea de que me reclamase sin delicadeza hacía que mi sexo gimiera.

Sus ojos no se apartaban de mi cuerpo. Mi camisa era ceñida y delineaba con claridad mis pechos desnudos mientras me acercaba a él, con mis pezones ya duros.

—Sí.

Sus ojos se entrecerraron y sus pupilas desaparecieron, haciéndolos completamente oscuros.

—¿Con fuerza?

Me acerqué más. Quizás *sí éramos* perfectos el uno para el otro, pues no podía imaginarme nada más ardiente que Dax volviéndose salvaje, lo que significaba que yo también quería hacerlo de ese modo.

—Sí.

Sus palmas se apoyaron sobre el suelo como si tratara de coger algo, a alguien, cualquier cosa que no fuese yo.

—¿Necesitas que alivie tu tensión?

Yo también tenía mis propias necesidades. *Necesitaba* correrme una o dos veces.

—*Sí*.

Me sentí poderosa y deseada, y mi sexo se humedeció reciprocando sus deseos. La manera en la que me había follado con sus dedos, y me había hecho correrme solo con eso, me había dejado deseando más. Ahora; ahora lo quería tanto como él. Debería alejarme. Debería *huir*, pues realmente no conocía a este desconocido; un alienígena de tamaño descomunal con fiebre de apareamiento que quería follar, y follar, y *follar*.

Demonios, cualquier mujer terrícola mataría por estar en mi lugar. No podía dejar pasar esta oportunidad. Mis paredes internas se contraían exigiendo ser llenadas con esa enorme polla. Le eché un vistazo y vi cómo su líquido preseminal goteaba de la punta y humedecía la tela. Podía ver con claridad el contorno de la amplia coronilla y el origen de la gruesa vena que recorría toda su masculinidad.

—Debes tomarme tú, Sarah. Si te pongo debajo de mí podría lastimarte.

Mis ojos se entrecerraron con placer. Me había puesto en cuatro patas ante él.

—¿Quieres que esté encima de ti?

No respondió con palabras, pero tiró del cordón que sostenía sus pantalones y se los bajó. Su miembro salió disparado, libre, y no pude evitar proferir una palabrota al verlo.

—Joder.

Era la polla más grande que había visto en mi vida. Digna de una estrella porno. Ciertamente la había ocultado muy bien dentro de sus pantalones militares. Era gruesa y muy sólida; su piel rígida y de un color rosa oscuro, llena de sangre. Un fluido transparente salía de la pequeña abertura que había en la punta. Dax tomó la base en su mano y comenzó a acariciarla.

—Solo el tenerte mirando mi polla hace que quiera correrme.

Observé mientras batía su mano, y juro que su polla se hizo aún más grande.

—No estoy... no estoy segura de que vaya a caber.

Me obsequió una sonrisa apenada.

—Quítate la camiseta, Sarah.

Enarqué una ceja y sonreí.

—Para querer que sea yo quien te folle eres terriblemente mandón.

—Te la voy a arrancar en tres segundos. Solo pensé que querrías usar algo cuando acabe contigo.

Tenía un buen punto, y por la manera en la que cerraba su puño, no tuve dudas de que cogería mi camiseta por el escote y destrozaría la tela.

Sentándome sobre mis tobillos me la quité, pasándola por mi cabeza y dejando que mi cabello estuviese suelto, cayendo por mis espaldas.

Cambié de posición para poder quitarme los pantalones cortos. Cuando estos cayeron en el suelo, encima de mi camiseta, Dax gruñó.

Me arrodillé ante él, usando solo mi ropa interior. No sabía si las mujeres atlanes usaban bragas, pero puesto que yo venía de la Tierra se me permitía usarlas como parte de mi uniforme. Eran de un color blanco simple; no había absolutamente nada atractivo o sensual en ellas, pero Dax me estaba mirando de una manera tal, que parecía como si fuesen hechas del más delicado encaje y satén.

Mis pezones se endurecieron al estar bajo su mirada.

—Tócate. Enséñame lo que te gusta —gruñó, con los ojos fijos en mis pechos.

Posé una mano sobre mi panza y sus ojos descendieron hasta allí. La moví hacia arriba, la coloqué sobre un pecho, y luego la otra. Aunque se sentía bien ver cómo sus ojos seguían mi mano, quería sentir *su* roce.

Sacudió la cabeza lentamente.

—Allí no. Más abajo.

Mi clítoris palpitó, de acuerdo con él.

Deslicé mi mano hasta abajo y entre mis bragas, mis dedos estaban acariciando mi clítoris. Estaba hinchado, tan hinchado que el simple hecho de rozarlo hacía que mi boca se abriese y mis ojos se cerrasen.

—Mírame a mí, Sarah.

Su voz era como un gruñido malicioso.

Lo miré y vi la necesidad salvaje que sentía, su calor, su anhelo.

—¿Estás mojada?

Me mordí el labio y asentí; la resbaladiza sustancia no solo recubría mis labios menores, sino mis dedos, también.

—Muéstramelo. Demuéstrame que estás lista para mi polla. Que la quieres.

Alcé mi mano y pudo ver cómo mi humedad revestía mis dedos. Entonces gruñó, su control se debilitó y cogió mi muñeca, dándome un tirón hacia adelante. Posé una mano sobre su hombro para mantener el equilibrio y separé mis rodillas.

Se llevó mis dedos a la boca y chupó mis fluidos. Esto era lo más erótico... del mundo.

—Dax —gemí su nombre mientras la succión de mis dedos me hacía preguntarme cómo se sentiría aquella boca en mi sexo.

—Tienes un sabor dulce —gruñó—. Ahora, Sarah. Debe ser ahora mismo. Saber que tú también lo quieres hace que sea más difícil controlarme. Si la bestia escapa, no parará.

Me soltó, y coloqué esa mano sobre su otro hombro. Aunque era obvio que la fiebre lo consumía, había esperado hasta que supo que estaba lista para él, que mi coño estaba tan húmedo que podía aguantar tener su enorme polla adentro. Incluso ahora, con su fiebre apoderándose de él, se había asegurado de que yo no saliese lastimada.

Cuando estiró sus piernas me encontré a horcajadas sobre él. Subiendo sus manos hasta mis caderas, colocó sus dedos en ambos lados de mis bragas y tiró de ellas, rasgándolas. Estaba completamente al descubierto, completamente desnuda.

Moviendo mis rodillas hacia adelante, me posicioné de una manera en la que pudiese estar directamente sobre su polla. Lenta y cuidadosamente, descendí hasta que la lisa cabeza chocó contra mi sexo.

Él bufó y yo gemí. Sus manos se posaron en mi cadera y la apretó con fuerza. Seguramente tendría moretones allí el siguiente día.

—Ahora, Sarah. Maldición. Ahora.

Metiendo la mano entre mis piernas, separé mis suaves pliegues alrededor de él y descendí mi cuerpo, introduciendo su gruesa cabeza en mí. Era tan enorme que me mordí los labios al sentir la aguda punzada de dolor mientras él me ensanchaba, llenándome. Hacía mucho desde la última vez que había estado con alguien, y él no era un hombre promedio.

Apreté sus hombros. Estaba mirando algo entre mis piernas, y bajé mi cabeza para ver qué estaba mirando. Poco a poco, su polla desaparecía en mi interior. Era una imagen tan erótica, y lo tenía más y más adentro.

Respirando hondo, traté de relajarme y dejar que la gravedad ayudase. Doblando sus piernas hizo una especie de cuna para que pudiese sentarme, y me dio un sitio en el que apoyarme. Cuando usé sus piernas como soporte, el ángulo de mi cuerpo cambió levemente y me penetró con una sola embestida simple, sin darme tiempo para ajustarme a su tamaño. De repente, me sentía llena. Demasiado llena.

Grité, apoyando mi frente sobre su pecho mientras trataba de respirar, retorciéndome, tratando de sacarlo de mí.

—Es demasiado. Eres demasiado grande.

Me alivió posando sus manos sobre mi espalda, manteniéndome quieta.

—Date un minuto para ajustarte. Eres perfecta para mí. Ya lo verás. Solamente estar dentro de ti está ayudando. No te lastimaré. Lo prometo. Soy grande y tu coño está tan apretado. Está tan mojado y ansioso por tenerme. Apriétalo. Sí, así mismo.

Mientras continuaba hablándome, me relajé y ajusté a su inmenso tamaño. *Jamás* había tenido dentro un miembro tan grande antes. No tenía dudas de que tan pronto como comenzara a moverme, estaría completamente arruinada para cualquier otro.

De repente quise levantarme, moverme sobre él. Permanecer inmóvil era una tortura instantánea. Moviéndome, me eché hacia atrás, y luego caí sobre él, haciendo que Dax gruñera.

—De nuevo.

Lo hice otra vez. Y otra vez.

—No te detengas.

No tenía que decírmelo, pues no tenía intenciones de parar. Comencé a cabalgarlo de verdad, levantándome y lanzándome sobre él con fuerza; cada vez que me movía mi clítoris lo rozaba. Eché mi cabeza hacia atrás con desenfreno, sabiendo que no me dejaría ir, que no haría nada que no fuese permitirme follarlo hasta que me corriera, hasta que hiciera que *él* se corriese.

Mis pechos rebotaban y se balanceaban mientras me movía, pero no me importaba. Sabía que él podía sentir la suave piel de mis caderas bajo sus dedos, pero no me importaba. Nada me importaba.

Jamás me había sentido tan excitada, tan ansiosa por tener a alguien. Usualmente necesitaba un montón de caricias y estimulación antes de que siquiera pudiese considerar follar con alguien. Con Dax solo tenía que oír su voz, ver su miembro, y ya estaba empapada.

—Voy a correrme —grité, moviendo mis caderas en círculos, frotándome contra él.

—Buena chica. Córrete por mí. Córrete por tu compañero.

Grité cuando me corrí; el placer que me provocó hizo que mis dedos sintieran un cosquilleo, que mis tobillos se entumecieran. Los músculos de mi muslo se estremecieron y mi cuerpo comenzó a sudar. Este era mi momento más vulnerable y podía sentir las manos de Dax sosteniéndome con fuerza, su calidez y solidez bajo mi cuerpo.

Cuando recuperé el aliento y abrí los ojos, Dax permanecía enterrado en mi interior, todavía duro y grueso. Me sonrió.

—Eres hermosa cuando te corres.

Me ruboricé al oír su cumplido.

—Has aliviado un poco mi fiebre —dijo y respiró. No podía saberlo solo con verlo. Sus manos todavía apretaban mi cadera con fuerza, las venas de su cuello estaban rígidas y su polla desde luego no se había encogido.

Fruncí el ceño.

—Pero... pero aún no te has corrido.

—Solo el estar dentro de ti parece ayudarme. Verte correrte *definitivamente* ha ayudado. Jamás he tenido la fiebre, así que yo también estoy aprendiendo. No tengas miedo, ya he vuelto a tener el control.

—No quiero parar.

Todavía podía cabalgarlo, montarme sobre él hasta llevarlo al orgasmo. Podía correrme de nuevo. Quería correrme otra vez, como una chica muy, muy traviesa lo haría. Quería más.

—Yo... yo no quiero que tengas el control.

—Lo has hecho bien, compañera, aliviando mi bestia interior. —Sus manos se elevaron para coger mis pechos, acariciando mis pezones con sus pulgares, y me incliné para sentir su roce mientras sentía cómo el fuego dentro de mí se expandía desde mis pechos hasta mi clítoris—. Ahora, soy *yo* quien va a *follarte*. Pero primero quiero saborearte.

Antes de que pudiese replicar, me alzó para que su miembro se soltara. Se movió hasta tumbarse sobre su espalda en el duro suelo. En vez de montarme en su cintura, me monté en... en su rostro.

Lo miré entre mis piernas, vi el brillo en sus ojos, la perversa sonrisa que apareció sobre sus labios.

—Dax —dije, jadeando.

—Todavía puedo sentir tu sabor en mi lengua de cuando chupé tus dedos. Tus fluidos apaciguan mi fiebre. Es como medicina. Necesito más.

Entonces dejó de hablar, se apoderó de mis caderas y me descendió hasta que estuve sentada sobre su rostro.

No tenía nada en lo que sostenerme, y me caí hacia

delante mientras mis manos aterrizaban sobre la pared. Bajé la mirada, viendo la cabeza morena de Dax, y observé cómo su lengua se movía rápidamente sobre mi clítoris antes de que se lo llevara a la boca y lo chupara. Yo estaba en lo cierto. Su lengua *era* mucho mejor que mis dedos.

—Vas a correrte para mí y luego te follaré.

Mis muslos apagaban su voz. Besó uno y luego le dio un pequeño mordisco, haciéndome jadear. Estaba siendo mandón, y no me importaba en lo absoluto. Aparentemente, el hecho de que un hombre cuya boca estaba sobre mi sexo me diese la orden de correrme hacía que mi problema con la autoridad fuese mucho más sencillo de ignorar.

—Está bien —respondí, pues ¿qué mujer rechazaría otro orgasmo?

Entonces me di por vencida, pues mi única alternativa era quitarme de encima, y eso *no* iba a suceder. Era un amante talentoso, manejando su lengua como un gran artista. Mi clítoris ya estaba sensible y el suave movimiento de su lengua, la succión de su boca, me llevaba al límite rápidamente. Me dejó sin fuerzas y jadeante, sudorosa y saciada.

—Polla. Necesito tu polla —confesé.

Como si fuese una muñeca, me alzó con facilidad y me llevó hasta la cama. Me tumbó sobre mi panza e hizo que me apoyara sobre mis rodillas. Mi mejilla estaba sobre las frías sábanas y mi trasero estaba al aire.

Sentí el suave roce de su miembro contra mi sexo. Lo movió arriba y abajo sobre mi húmeda e hinchada piel.

—¿Es esto lo que quieres?

Apreté las sábanas con fuerza y lo miré sobre mi hombro. Sus pantalones habían desaparecido y podía ver sus piernas. Eran puro músculo, dobladas bajo el peso de su enorme cuerpo. Sus delgadas caderas descansaban sobre una cintura estrecha, que luego terminaba en un pecho firme y ancho. Era como el *David* de Miguel Ángel, si hubiese esculpido un hombre espacial.

Rocé su miembro, deseando tenerlo dentro, poco dispuesta a esperar.

—Sí.

La ancha cabeza dio un pequeño empujón contra mi sensible piel, e incluso la apoyó contra mi entrada trasera, en donde nada había entrado antes.

—Mira, Sarah. Cuando tenga todo el control voy a querer tomarte por aquí. La bestia exigirá tener tu sexo. Solo pensará en darte un hijo, en unirte a él por siempre —acarició mi entrada trasera con su pulgar, provocándome con sus pensamientos eróticos—. Pero querré explorar cada parte de tu cuerpo, compañera. Cada centímetro de tu cuerpo será mío, y yo lo saborearé, lo reclamaré, lo follaré.

Se introdujo dentro de mi tibio túnel con una embestida poderosa y rápida, y contraje mi sexo, pensando en lo llena que me sentía con él adentro. No podía imaginarlo reclamándome en un lugar tan privado.

—Yo nunca... Yo no... —confesé.

—Quiero todo tu cuerpo.

Se inclinó sobre mí hasta que sus labios descansaban justo detrás de mi oreja; su cuerpo me envolvía mientras su pene entraba y salía de mi cuerpo.

—Eres mía.

—Sí.

Se apartó de mí y se dirigió hacia la pared. Apoyé mi mejilla sobre las frías sábanas y traté de ignorar la sensación de vacío que sentía dentro de mi sexo, traté de no pensar en lo mucho que lo quería de nuevo en donde debía estar; dentro de mí, haciendo que me corriese.

Sin embargo, la vista desde aquí tenía sus ventajas. Admiré lo que era mío, contemplé los músculos de su perfecto culo flexionándose y tensándose mientras caminaba.

—¿Qué haces? —pregunté.

¿No quería correrse? ¿Había acabado conmigo?

—Olvidé que no eres de mi mundo y que no has sido preparada para tener un amante atlán.

Fruncí el ceño.

—Las mujeres atlanes se forman desde su cumpleaños número dieciocho en las maneras de complacer a un compañero. Están listas para su fiebre. Son expertas en el arte del sexo. Cualquier clase de sexo.

—Quieres decir...

Presionó algunos botones en una unidad en la pared y regresó con una pequeña caja. Regresando conmigo, colocó la caja en la cama, a mi lado, y abrió la tapa.

Mis ojos se abrieron como platos cuando me enseñó el tapón anal. Jamás había tenido algo allí dentro, pero eso no significaba que no supiera lo que era aquel objeto.

—Cualquier clase de sexo, Sarah. Por el coño, por la boca y por el culo. ¿Alguna vez has chupado una polla?

Sacó un recipiente de algo que parecía lubricante.

—Sí —respondí.

Pero no una polla tan enorme como la suya. Definitivamente no podría encajarla toda en mi boca. Ni siquiera una actriz porno podría encargarse de algo así.

—¿Y tu culo? Sarah, ¿tu culo es virgen?

Colocó una cantidad del lubricante transparente en el tapón. Era más pequeño que su miembro, pero tenía mis dudas sobre su capacidad para entrar en mi culo. Me impulsé hacia arriba apoyándome sobre mis codos.

—Túmbate, por favor. Es tiempo de preparar este

espléndido agujerito estrecho. Por ahora estoy calmado, pero no quiero lastimarte nunca. Solo quiero darte placer.

Separó una de mis nalgas con una sola mano, haciendo que mi culo se entreabriese.

—Viendo cómo reaccionas a lo que hago, estoy seguro de que te encantará sentir mi polla muy, muy dentro de tu culo.

Me sonrojé, consciente de que podía verme por completo.

—Lo dice el hombre que *no* tiene un tapón metido en el culo —refunfuñé.

Pude oír su risa, pero no aflojó. Sentí la dura y resbalosa punta del tapón en mi entrada trasera.

—No, lo dice el hombre que está a punto de preparar el culo de su compañera para que entre su polla, y si se comporta bien, la follaré mucho y por un buen rato. ¿Cuántas veces puedes correrte en una noche, Sarah?

Hice una mueca de dolor cuando comenzó a introducir el tapón dentro de mí. No dolía, no realmente; pero se sentía muy, muy extraño.

—Oh, bueno. Normalmente una vez, quizás dos si me toco yo misma.

Continuó metiendo el tapón en mi interior, perforándome cada vez más.

—¡Dax! —grité, pero entonces el tapón cayó en su sitio, y mi culo se contrajo alrededor de la parte estrecha. Podía sentir el mango haciendo presión contra mi trasero.

—Hermosa. —Pasó uno de sus dedos por mis pliegues—. Tan húmeda. Te gusta esto. Me da satisfacción que hayas cedido, que tu cuerpo acepte lo que yo te doy.

—Si estás a cargo, entonces fóllame ya.

Dio un toquecito a la base del tapón y este cobró vida. Joder, era un tapón vibrador. Las terminaciones nerviosas que ni siquiera sabía que tenía cobraron vida, y me encontré arqueando mi espalda en la cama.

—¿Ves? Son los beneficios de ser una mujer atlán. Hay muchos, y espero poder mostrarte cada uno de ellos.

Vale, este era un beneficio que definitivamente me gustaba.

Comencé a revolverme en la cama; la suave sensación de las sábanas ahora abrasaba mis sensibles pezones. Mi clítoris se inflamó y lo froté contra el colchón. No podía controlar el placer intenso que provenía de mi sitio trasero. Joder, me iba a correr así.

—¡Dax!

—Me has follado, Sarah. Ahora es mi turno de follarte. Lo soportarás. Soportarás todo lo que te haga porque te va a encantar. Dilo.

Me encantaba lo arrollador y dominante que era y, sin embargo, no aceptaría tomarme sin mi consentimiento. Podía encajarme un tapón en el culo, pero no me follaría hasta que yo estuviese de acuerdo. Él se habría apartado si le hubiese dicho que no. Incluso cuando sentía la necesidad de aparearse —tal y como él lo decía— para apaciguar la fiebre, estaba asegurándose de que me yo encontrase dispuesta a hacerlo.

—Lo quiero. Dios, por favor, lo necesito —gemí, con la respiración entrecortada y con desesperación—. ¡No puedes dejarme así!

Me penetró con cuidado, lentamente, pero con una embestida larga. Llegó hasta el fondo, y eché mi cabeza hacia atrás ante la increíble y estrecha sensación de su pene y el tapón colmándome. Me había sentido llena antes cuando lo había cabalgado, pero este ángulo, esta posición hacía que llegara mucho más profundo. El tapón se sentía ajustado, las vibraciones hacían que todo se sintiera tan endemoniadamente intenso. Se sentía *demasiado* bien.

Entonces comenzó a moverse, deslizándose dentro y fuera a su ritmo, a su modo.

—Ves, Sarah, te gusta cuando yo estoy a cargo. Soy yo quien controla tu coño. Soy yo quien controla tu culo. Vas a correrte por mí una, otra y otra vez. Dos veces no serán suficientes. Voy a exprimir cada gota de placer de tu cuerpo y me lo vas a dar todo a mí.

Me contraje alrededor de él cuando pensé en aquello y apreté los dientes.

Su mano aterrizó sobre mi culo con fuerza. El sonoro golpe se oyó en toda la habitación.

Entonces me corrí, lanzando un grito. La mezcla entre las vibraciones, su pene enterrado dentro de mí y el abrasador azote en mi trasero me llevaron al límite. Apreté su miembro, estrujándolo, impaciente por hacer que entrase en lo más profundo de mi cuerpo.

Inclinándose sobre mí, su pecho envolvió mi espalda, y colocó una mano al lado de mi cabeza.

—Puedo hacer lo que quiera y tú te *someterás*. ¿Por qué?

Sus caderas continuaron arremetiendo contra mi cuerpo mientras proseguía con su porno oral. Estaba a punto de correrme de nuevo solo escuchando sus palabras.

—Porque quieres que te folle. Quieres que sea yo quien esté a cargo. Necesitas ser una sumisa tanto como yo necesito dominar. No tienes ni idea de lo que haré a continuación, pero lo quieres de igual manera. Somos perfectos para el otro.

—¡Sí! —grité cuando movió su mano, posicionó mi clítoris entre sus dos dedos y lo pellizcó.

Sus caderas dejaron de moverse al ritmo constante y comenzó a follarme en serio. Con fuerza. Con embestidas cortas. Respiraciones entrecortadas. Me corrí de nuevo, apretando mis paredes alrededor de su miembro. Una vez, dos veces, y me llenó; entonces mordió mi hombro cuando se corrió, ahogando su gruñido y rebosándome con su cálido semen. La pequeña punzada de dolor solo hizo que otro orgasmo me invadiese. Me desplomé en la cama mientras Dax salía de mi interior y se tumbaba a mi lado. La cama rebotó y rodé hasta quedar sobre él. Sentí una ligera presión en el tapón y entonces las vibraciones se detuvieron.

Gemí ante la persistente sensación de haber sido completamente dominada; me sentía bien follada, saciada, satisfecha. Ambos estábamos sudados y pegajosos; su semen goteando de mi sexo. Mi cabello era una maraña y estaba agotada, con mi cuerpo sensible.

—¿Esto acabó con tu fiebre? —le pregunté más tarde, somnolienta.

—Mmm —dijo—. No. Pero ya he retomado el control. Por los momentos. La bestia seguirá regresando hasta que sea su turno de follarte.

—¿Qué significa eso, Dax?

Él suspiró y se puso de lado para acariciarme, pasando su enorme mano por mi muslo, luego sobre mi hombro y de regreso; ponía especial atención a todos los lugares delicados y sensibles que encontraba a su paso.

—¿Alguna vez has visto a un hombre atlán afectado por la furia salvaje?

—No.

Me relajé al sentir sus caricias, no podía expresar con palabras lo satisfecha que me sentía mientras su cálida mano me reconfortaba.

—Pensé que quizás había visto algo parecido cuando estabas en el carguero, pero no estoy segura.

—Sí. —Pellizcó mi pezón, y abrí mis ojos para hallarlo observándome—. ¿Qué viste?

Era difícil hablar mientras él, con sus dedos, le daba vueltas a mi pezón, duro como un guijarro, tirando de él y jugueteando conmigo; pero intenté hacerlo, sintiéndome demasiado satisfecha como para resistirme a él.

—Lucías mucho más grande, como si hubieses crecido. Tu rostro se veía mucho más amenazante, también, como el de un guerrero de Prillon, y de alguna manera mucho más intenso.

Su mano abandonó mi pezón para explorar los húmedos pliegues de mi sexo. Cuando cerré mis piernas, se inclinó y mordió mi hombro juguetonamente.

—Ábrelas para mí. Ahora. Quiero sentir mi semilla en tu coño. Quiero tocarte.

Madre mía, de nuevo con los gruñidos. Vaya neandertal. ¿Quería esparcir su semen por todos lados? ¿Sentir su semilla en mi interior, en donde se había corrido hacía algunos momentos? Bien. No era como si no hubiese visto, tocado, saboreado, ni follado todo mi cuerpo. Y el tapón todavía estaba dentro de mi culo.

Separé más mis piernas y sus dedos se introdujeron en lo más profundo de mí; el calor húmedo de nuestros fluidos provocó que soltara un gruñido grave mientras me llenaba con dos dedos y esparcía su semilla en los labios de mi sexo y mis muslos.

—Cuando un atlán se transforma en una bestia, sus músculos pueden aumentar hasta la mitad de su tamaño normal. Sus dientes parecen alargarse, pues sus encías se retractan y su mente se nubla con la euforia de la batalla. Aparte de su temporada de apareamiento, esta confusión también ocurre cuando se siente amenazado, cuando está en medio de un combate o cuando defiende a su compañera.

Acarició mi clítoris con su pulgar, perezosamente, y mis caderas se sacudieron de forma involuntaria.

—¿Te transformaste en una bestia solo porque yo estaba allí?

—Sí.

Contemplé el techo, tratando de darle sentido a mi nueva vida mientras él jugueteaba con mi cuerpo, regresándome a la realidad lentamente y haciéndome desear su pene de nuevo. Dios mío, ¿su bestia me follaría? ¿Aquella bestia, enorme y corpulenta, que había arrancado la cabeza de los soldados ciborgs sin ningún esfuerzo? ¿Realmente estaría Dax descontrolado? ¿Perderá la cabeza? ¿Qué tan enorme sería? ¿Y por qué al imaginármelo quería cruzar las piernas y apretarlas para luchar contra la temperatura que aumentaba en mi cuerpo? Mi travieso coño quería la polla de la bestia, quería que mi nuevo amante estuviese fuera de control. Un poco.

—Parece que mis instintos de apareamiento finalmente han salido a flote.

Demasiado avergonzada por mi línea de pensamientos, no abrí mis ojos cuando pregunté:

—¿Y qué instinto es ese?

—Me siento victorioso, como si hubiese ganado una batalla al ver mi semilla escurriéndose de tu sexo hinchado y bien follado. Al ver el tapón preparando tu culo para mí. Tus ojos están fatigados y tu cuerpo débil, y quisiera golpearme el pecho y rugir cuando recuerdo que te he dado todo el placer posible, que mi polla te atiborró tanto que todavía podrás sentir mi propiedad dentro de ti mañana en la mañana.

—Vaya sorpresa, el ego masculino es el mismo en todos

lados —repliqué, demasiado complacida como para sentirme ofendida—. En la Tierra a eso se le llama ser un cavernícola.

Lanzó un gruñido, y mis ojos se abrieron de inmediato cuando me posicionó debajo de él, atravesando mi húmeda vagina con su dura polla con una embestida lenta y simple. Sujetó mis brazos por encima de mi cabeza y me folló lentamente; el escozor se convertía en un fuego instantáneo mientras envolvía su cadera con mis piernas y gemía. Su mirada era intensa y concentrada; observaba cada pestañeo en mis párpados, cada respiración que exhalaba mientras me tomaba, reclamaba y follaba. Haciendo que nuestras miradas se entrecruzaran, dio una fuerte embestida y dijo:

—¿Y tienes algún cavernícola en la Tierra, Sarah?

Pensé en tomarle el pelo, pero me lo pensé dos veces cuando salió de mí y entró con fuerza y profundidad, haciendo que realmente me moviese de la cama con la fuerza de su arremetida.

—No. Eres el único cavernícola que tengo.

Gruñó, sus palabras casi no se entendían.

—Eres mía.

Embestida.

—Mía.

Embestida.

Me folló hasta que la desesperación por correrme me invadió, hasta que la expresión *por favor* en verdad se escapó de mis labios.

Permaneció muy quieto, con su miembro en lo más profundo de mí y aguardó hasta que lo miré a los ojos.

—Di mi nombre, Sarah.

—Dax.

Mi recompensa fue una fuerte embestida, y yo jadeé. Se

calmó y extendió su mano para encender el vibrador que estaba dentro de mi culo.

—¿Cuál es mi nombre?

Oh, cielos. ¿En verdad íbamos a jugar este juego?

Traté de alzar mis caderas; él simplemente me inmovilizó contra la cama usando su enorme peso. Mis brazos estaban sujetos por encima de mi cabeza, mis pechos sobresalían y estaban a la vista para su placer. No tenía ninguna opción.

—¿Cuál es mi nombre?

—Dax.

Entonces se movió. Mi recompensa. Su enorme polla me dilataba y acariciaba las paredes de mi coño, chocando contra ese sitio especial que me hacía enloquecer. No había necesidad de que preguntase nuevamente.

—Dax. Dax. Dax.

—Buena chica.

Sonrió, y me dio lo que quería. Antes de acabar conmigo, su nombre inundó la habitación como si de un cántico se tratara.

8

—Las coordenadas de la ubicación del capitán Mills ya están programadas.

Uno de los encargados del transporte tocó la pantalla de una tableta y luego me miró. Miró hacia *arriba* para verme, pues no era muy alto.

Tardé un momento en darme cuenta de que no se refería a Sarah, sino a su hermano Seth. Sarah ya no era parte de la flota de la coalición; era mía. Solo necesitaba salvar a su hermano y hacer que ambos salieran de allí con vida.

El comandante Karter había resultado ser medianamente decente, pues nos permitió usar nuestros uniformes blindados. Incluso nos había dado pistolas de iones.

—No podrás cambiar de opinión y volver a luchar si estás muerta —le había dicho a Sarah.

Esas eran las palabras más sentimentales que diría en su

vida, pero agradecía que ella estuviese bien protegida para cualquier cosa a la que nos enfrentáramos. Tenía a la bestia dentro para ayudarme. Si un soldado del Enjambre se acercaba en lo más mínimo a Sarah, seguramente desataría mi furia asesina y lo asesinaría a mano limpia. También tenía un arma, por si acaso, pero dudaba que la usase.

Incluso con el uniforme puesto sus curvas no estaban ocultas, o al menos no para mí. Quizás las percibía más porque sabía exactamente cómo lucían sus pechos, cómo se sentían entre mis manos y el sabor que tenían sus pezones. Sus caderas lucían más redondeadas, pero eso era porque ya sabía lo suaves que se sentían en el instante en el que se corría en mi polla. Ni siquiera era la fiebre la que me hacía observar a Sarah con deseos reprimidos. Yo era solo un hombre, admirando a una mujer exuberante y apetecible.

—Jefe, la última ubicación conocida del oficial Mills fue a bordo de una nave de transporte del Enjambre. Notamos *beacons* de otros soldados de la coalición que emitían señales desde ese sitio, lo cual nos hace creer que es una nave cárcel o un transportador que se dirige a algún centro de integración.

—He oído hablar del CI —respondí, sin ganas de decir en voz alta lo que el Enjambre le hacía a los prisioneros allí.

Los volvían parte de su ejército, implantaban tecnología sintética a sus partes biológicas, que dominaban sus cuerpos y su voluntad. Los volvían esclavos. La mandíbula de Sarah se tensó y vi cómo trataba de disimular la preocupación que sentía por su hermano. Aquella pequeña demostración de miedo hizo que todo mi deseo se esfumara.

—¿En qué dirección viaja la nave? —preguntó Sarah.

El oficial de transporte posó sus ojos sobre Sarah, los detuvo un momento sobre sus senos, y después me miró a mí.

—Se dirigen fuera del sistema, en dirección al Sector 438, señor.

Vi cómo Sarah fruncía el ceño por el evidente desprecio.

Señalé a mi compañera.

—Ella te hizo la pregunta.

—Sí, pero *ella* ya no está en la flota de la coalición.

Sarah solo cambió sus pies de posición, poniéndose de puntillas; por lo demás, no mostró ningún signo exterior de enfado. Sin embargo, sentí una ira muy similar a la de la fiebre aumentando dentro de mí. Este... encargado era despectivo e irrespetuoso hacia mi Sarah, hacia mi compañera.

—Y yo tampoco —repliqué.

—Si la nave se dirige hacia el 438, entonces va rumbo al sector del espacio controlado por el Enjambre. Cuando crucen, estarán perdidos. No tenemos mucho tiempo para salvarlos.

Sarah ignoró al chauvinista que estaba detrás del control del transporte y me habló a mí directamente.

El encargado se quedó boquiabierto y luego cerró la boca con un chasqueo audible al escuchar la información de Sarah.

—Encargado de transporte... Rogan —dijo, echando un vistazo a la etiqueta de su uniforme—. Cuando comience la teletransportación, por favor cambie las coordenadas de la ubicación exacta del capitán Mills a dos pisos más abajo.

El encargado frunció el ceño.

—¿Dos pisos más abajo?

—Lo más probable es que tengan a mi hermano y a cualquier otro prisionero en el calabozo, y no queremos teletransportarnos a una celda. Tampoco deseamos teletransportarnos directamente frente a los soldados ciborgs. El calabozo está en el nivel cinco de un transporte CI. Dos pisos más abajo se encuentra el almacén, lo cual usted sabría si hubiese estado en una misión de reconocimiento a bordo de una nave del Enjambre. El nivel cinco está automatizado y usualmente no es tripulado por personal ciborg.

Enarcó una de sus cejas oscuras, desafiando al hombre a ponerlo en duda.

—¿Está en lo correcto? —pregunté, empleando el tono que usaba cuando comandaba a una brigada atlán.

Se puso rígido y me lanzó una mirada.

—Correcto. El Enjambre usa robots para mantener y atender sus insumos —respondió.

—Entonces haz lo que la *excapitana* Mills te ha ordenado.

Su plan era firme. Estaba preparado para luchar contra los soldados del Enjambre justo después de que fuésemos teletransportados, tal y como lo había hecho cuando me habían enviado directamente a las coordenadas que tenía Sarah. Ni el encargado del transporte, el comandante Deek, ni yo conocíamos con exactitud en medio de qué me estaba teletransportando al momento de enviarme hacia mi compañera. Ninguno supuso que estuviese en un combate en aquel momento. Era un error táctico, con lo que había puesto en peligro al equipo de Sarah y había causado que Seth Mills fuese capturado por el Enjambre.

Si hubiese tenido en cuenta lo que Sarah analizaba ahora, no la ubicación exacta de nuestra presa, sino la de un lugar seguro al cual transportarse, probablemente no estuviésemos en medio de esta peligrosa misión de rescate.

Éramos solo ella y yo, pero de todos modos pensaba como una verdadera guerrera, y sentí algo que no esperaba sentir por las habilidades de lucha de mi compañera... Orgullo.

—Sí, señor.

El encargado del transporte pasó su dedo una vez sobre la pantalla, luego dos veces, y entonces miré a Sarah.

—¿Lista?

Ella asintió, tomando mi mano. No tuve tiempo para pensar en aquella acción, pues en un abrir y cerrar de ojos ya no estábamos en la nave de guerra, sino en una sala mal iluminada con cajas duras por los lados. El zumbido de la máquina era algo constante, mucho más ruidoso y grave que la cadencia habitual de los sistemas de una nave. Sarah se puso en cuclillas inmediatamente. Por un instante me la imaginé bajándome los pantalones y chupándome la polla. Todavía debía descubrir sus habilidades para el sexo oral, pero solo podía imaginar que sería tan voraz e impaciente como lo había sido durante nuestra follada. La imagen de su lengua sobre mi hinchada corona me obligaba a cambiar de posición a mi polla. Tenía que sacarme de la cabeza la imagen de la dulce succión de sus labios. Me arrodillé a su lado y me concentré en nuestra misión.

—No sabemos si hay algún soldado vigilando este nivel o si hay algún tipo de sensores de movimiento que detecten seres vivos —dijo, con tono bajo y pausado.

Ella estaba concentrada, aunque si todavía tuviese aquel tapón en el culo, dudaba que fuese el caso. Maldición, solo el ver ese apretado agujerito dilatándose por el tapón me ponía...

—Quédate aquí, saldré a investigar —dijo, comenzando a moverse.

"¡Concéntrate!".

Estaba acostumbrado a la táctica de atacar y conquistar en los combates. Una brigada de soldados atlanes era una fuerza contra la que ni siquiera el Enjambre podía enfrentarse. Pero Sarah no era atlán y tenía que recordarme constantemente que la paciencia y estrategia eran necesarias ahora mismo, no la fuerza bruta.

Tomé su hombro, haciendo que se detuviera.

—Lo haremos juntos. —Elevé mi muñeca—. Recuerda, no podemos separarnos.

—¿Qué sucede si nos atrapan? —preguntó.

Apreté la mandíbula.

—No nos atraparán.

—Al primer soldado ciborg que vea lo... inmovilizaré y entonces podremos coger sus armas y comunicadores.

—¿Y luego?

La observé, era lo suficientemente listo como para saber que ahora estábamos en su territorio. Jamás había puesto un pie en una nave tan pequeña antes de venir a este sector. No había sobrevivido por una década en el combate ignorando el conocimiento o la experiencia de mis mejores soldados.

—Los ascensores están situados en el centro de todas las naves del Enjambre, pero también hay túneles de acceso. Sugiero que vayamos por los túneles. Tendremos más posibilidades de tomarles por sorpresa.

—De acuerdo.

Asintió y se dio la vuelta para abrirse paso entre las municiones.

Sarah

SETH ESTABA en esta nave de prisioneros. Y también otros hombres, hombres que no se merecían el destino que les estaba reservado. Con suerte rescataríamos a todos a tiempo. ¿Seth habría sido ya modificado? ¿Tendría piel metálica y los ojos plateados de un ciborg sin alma? ¿Tendría implantes externos en sus brazos y piernas? ¿Le afeitarían la cabeza? ¿Le pondrían implantes microscópicos en sus músculos, volviéndolo más rápido y fuerte de lo que debería ser cualquier humano? ¿Luciría como mi hermano, todavía?

No importaba. Mientras estuviese vivo, no me importaba como luciera.

Dax tomó la delantera, apartándome cuando trataba de ir por delante. Sí, era un cavernícola, pero en este momento había dos cosas que me impedían asestarle un golpe: la habilidad que tenía para arrancarle la cabeza a los ciborgs sin siquiera hacer calentamientos y un trasero espléndido. Si un soldado del Enjambre apareciera, Dax podría recurrir a su ataque de furia berserker en vez de dispararles. Mientras tanto, yo me enfocaría en rescatar a mi hermano en vez de acariciar el culo de Dax con mis manos. Sabía cómo se movía mientras me follaba. Demonios, estaba en un lío. Él era el único hombre de toda la galaxia que podía distraerme en una misión.

Ni siquiera habían pasado dos días y ya había cambiado tanto. No había sido el hecho de que ya no fuese un soldado de la coalición. No era el haberme convertido en la pareja de un señor de la guerra atlán. Ni siquiera era el hecho de que mi hermano hubiese sido capturado por el Enjambre. Solo me había dado cuenta de que ya no estaría el resto de mi vida a solas. Ya no tendría que vivir mi vida para alguien más.

Me había unido al ejército porque era buena en eso, y era buena porque había crecido con tres hermanos mayores que no me habían dejado otra opción. Mi padre no me regalaba vestidos de princesa, ni un poni; ni siquiera un vestido de graduación. Tenía guerras de *paintball*, clases de karate y hockey sobre hielo. Jamás había elegido alguna de esas cosas, solo seguía a los otros y participaba porque era la más joven; y también porque si no lo hubiese hecho, me habrían dejado de lado. Sola.

Entonces mi padre me lanzó una bomba. Una promesa en su lecho de muerte. Me había unido a la coalición porque le había prometido a mi padre que hallaría a Seth y le vigilaría. Había estado tan concentrada en esto que no me había dado cuenta de que mi padre me había arrebatado toda mi vida. No tuve ninguna elección. Nada era mío realmente. Solo tenía que encontrar a Seth. Le había encontrado, luché junto a él, pero entonces fue capturado. Cuando sacara a Seth del calabozo ciborg, ¿entonces qué haría? Haría lo que mi padre había querido y llevaría a Seth a algún lugar seguro. Me había unido a la coalición, me había ido de la Tierra. Joder, incluso había aceptado ser la novia de un atlán para cumplir con la promesa a mi padre.

¿Qué era mío? ¿Qué elecciones había tomado en mi vida que fuesen mías del todo? Increíblemente, había sido Dax quien me hizo ver que existía alguien que me quería por lo que yo era; alguien que quería lo que yo quería, que estaba dispuesto a hacer algo por *mí*. Era diferente, era sorprendente. Era conmovedor.

Este armatoste alienígena del espacio exterior quería lo mejor para mí. Sí, eso incluía su manera de actuar, tan neandertal —como ahora, que tenía que permanecer a salvo detrás de él—. Había estado de acuerdo en ayudarme a salvar a Seth porque sabía que eso era importante. Siempre comprobaba que mi cabeza estuviese despejada antes de follarme y se aseguraba de que estuviese mojada, deseándolo. Incluso me había metido aquel estúpido tapón en el culo porque sabía que me daría placer —aun cuando había tenido mis dudas—. Me dolía un poco ahora, pero honestamente, todas mis partes femeninas dolían. No había sido follada así... bueno, nunca.

Su meta era darme nada más que placer, así que cuando esto llegase a su fin, cuando Seth estuviese a salvo, pensaría bien en cómo darle placer a Dax. No porque me lo haya ordenado. No porque tuviera que hacerlo para ser aceptada por mi compañero, sino porque *quería* saber que lo hacía realmente feliz.

Unas fuertes pisadas me sacaron de mis pensamientos. No era un grande grupo de ciborgs, probablemente eran los tres de siempre. Cuando Dax salió del cubículo de provisiones para luchar contra ellos tuve un momento de pánico, pensando que algo le sucedería; pero fue todo demasiado breve como para siquiera lograr que mi corazón se acelerase. Gruñidos, bufidos, un disparo de iones, el sonido del metal chocando contra el piso, el impacto de una caja de provisiones al volcarse, y luego silencio. La respiración de Dax estaba entrecortada.

—Despejado.

Entonces me puse en pie y vi que, ciertamente, había tres soldados del Enjambre. A dos les faltaba la cabeza, y uno había sido disparado. Dax se arrodilló y cogió un arma del soldado para mí. Era ligeramente diferente a la pistola láser estándar de la coalición, pero tras unos momentos de inspección sentí que podía manejarla fácilmente. Ahora tenía un arma en cada mano.

La respiración de Dax no se calmó, y pude ver cómo las palpitaciones de su corazón martilleaban, chocando contra los tendones en su cuello.

—Sarah —bufó.

Mis ojos se abrieron.

—¿Qué? ¿Qué sucede? Están muertos, estoy bien.

Él asintió, pero lo hizo bruscamente.

—Es... maldita sea, es la fiebre. Luchar contra esos tres la ha provocado.

—Entonces úsala. Vayamos a salvar a mi hermano y a los otros. En el camino podrás arrancarles la cabeza a todos los soldados del Enjambre que quieras.

—Es muy fuerte. Joder, vino demasiado rápido.

Retrocedió. Comprendí que estaba tratando de protegerme de sí mismo.

Miré alrededor, dándome cuenta de que estábamos en una nave prisión del Enjambre y que teníamos que encontrar a Seth, pero no podíamos avanzar hasta que Dax recobrara el control. Tenía que hacer que recuperara el control. Tenía que hacer que se calmara. Tenía que hacer que recuperara el control de algún modo... Debía pensar en algo que no implicara follar. No podíamos hacerlo aquí. Todo estaba en silencio ahora, pero podría cambiar.

—Lo sé. Es peligroso para nosotros. No puedo funcionar así, no puedo saber quién es malo o quién es bueno. Si tu hermano te toca, le mataré.

Me había advertido que esto se pondría mal, que la fiebre sería demasiado fuerte. ¿Pero ahora? ¿Aquí? Un rapidito podría funcionar, pero no tendríamos los pies sobre la tierra. Tres soldados del Enjambre o tres mil de ellos podrían llegar hasta donde estábamos mientras él me follaba y no nos daríamos cuenta. No nos importaría.

Tenía que tranquilizarlo, pero el sexo estaba descartado. No teníamos tiempo para quedarnos aquí y entretenernos, tampoco. Tenía que pensar, y rápido, o me encontraría contra la pared, con mis pantalones abajo y con su polla metida en lo más profundo de mí. Me humedecí al imaginarme aquello. Demonios, ya estaba húmeda solo al mirar su culo.

Colocando la pistola en una caja que estaba cerca, me

acerqué a él y acaricié su rostro. Exhaló una bocanada de aire mientras envolvía sus brazos alrededor de mí.

—No podemos follar.

Jadeé mientras tocaba todo mi cuerpo con sus manos, incluso si lo quería tanto que mi sexo me lo imploraba ansiosamente.

—No —respondió, respirando irregularmente.

—Bésame —dije—. Tócame. Estoy aquí. Estoy contigo. Todo va a estar bien.

Me puse de puntillas para besarle. Dax no se resistió, sino que conectó su boca con la mía impacientemente. Su lengua entró en mi boca de inmediato mientras sus manos recorrían mi cuerpo: mis caderas, mi culo, mis pechos. Era fácil dejarse llevar por el beso, pues su piel y su sabor eran abrumadores. Estaba cayendo rápidamente, pero tenía que mantener la cordura. Tenía que besarlo con toda la necesidad y el deseo contenidos desde que habíamos dejado la cama, pero debía ser yo quien se apartara primero. No había duda de que Dax estaba a cargo en cuanto a follar; pero ahora, en este instante, yo debía tomar la delantera.

Apoyé mi frente contra la suya, echando mi cabeza hacia atrás. Nuestras respiraciones se entremezclaron, y ambos jadeábamos como si hubiésemos corrido en un maratón.

—¿Mejor? —susurré.

—Me encanta tu sabor. Tus labios, tu sexo —respondió, con voz áspera.

—Calma esa bestia que tienes para que podamos salvar a Seth y marcharnos de esta nave. Cuando estemos a salvo en nuestros cuarteles, podrás probarme del todo.

Esperaba que aquella promesa —y era una promesa— fuese suficiente para apaciguarlo.

Un gruñido resonó en el pecho de Dax.

—Mejor —murmuró, y me apartó de su lado—. Debes

estar advertida, tan pronto como estés sola y no en una nave enemiga, voy a follarte hasta que no puedas caminar bien.

—De acuerdo —dije, sintiendo cómo mi sexo palpitaba al oír la promesa de sus palabras.

—Hallemos a tu hermano y larguémonos de aquí.

Mientras Dax me conducía al túnel más cercano, pensé que ni siquiera yo podría haberlo dicho mejor.

9

ax

El beso de Sarah calmó a la bestia, invocada por la sangre de los soldados del Enjambre que había en mis manos. La fiebre había venido de forma tan abrupta e intensa que no podía pararla, y no tenía manera alguna de controlarla. Había matado a los tres ciborgs sin siquiera pestañear, pero al terminar vi a Sarah ponerse en pie y supe que debía tenerla. La bestia que estaba dentro de mí la deseaba con una intensidad dolorosa. Quería arrojarla sobre una de las cajas y follarla, rebosándola una y otra vez con mi semilla; y con mi bestia diciéndole a Sarah que le pertenecía. Pero no aquí, no ahora. Y no en una nave de prisioneros del Enjambre.

Ni siquiera podía follarla ahora. Sarah sabía que necesitaba algo, y el beso ayudó. Solo el poder tocarla, el sentir que estaba aquí conmigo, calmaba mi intensa necesidad. Si no me hubiese tranquilizado, si no me hubiese besado, no habría podido impedir que la bestia tomara el control.

Mi respiración se normalizó y mi ritmo cardíaco se redujo. Podía estar cerca de Sarah sin correr el riesgo de lastimarla. Mi mente estaba libre del sopor del deseo. Relamiendo su sabor en mis labios, me sentía en calma. Era temporal, pero estaríamos en esta endemoniada nave por poco tiempo. No nos quedaríamos.

Cuando llegué al quinto piso, me volví hacia Sarah. Ella asintió y entramos. No hablamos, ni siquiera tuvimos que darnos órdenes. Sabíamos exactamente lo que teníamos que hacer, confiábamos en el otro.

Había un grupo de tres soldados del Enjambre que fueron derrotados fácilmente. A pesar de que los sensores de movimiento probablemente nos habían ubicado en sus pantallas, no nos quedamos en ese sitio. Sarah encontró el panel de control y desactivó el sistema de las celdas de detención.

—¡Seth! —gritó, paseando por el corredor central, buscando.

Cerca de una docena de hombres salieron de las distintas celdas, y su hermano era uno de ellos. Los hombres se veían desgastados, pero estaban bien. Vivos. Intactos.

—¿Estáis todos aquí? —pregunté.

Un hombre miró a su alrededor e hizo un conteo de personas, luego asintió.

—¿Hay alguien que esté demasiado herido como para salir de aquí?

—No. Estamos listos —dijo Seth, y yo asentí. Bien.

—Estaban a punto de iniciar la transformación en cuanto llegáramos al centro de integración. No nos han tocado.

Me sentí aliviado de que se hubiesen librado de los verdaderos horrores del Enjambre.

Mientras Seth abrazaba a Sarah, les ordené a los otros hombres que cogieran las armas del Enjambre y se armaran para la fuga.

—¿Qué coño haces con *él*? —preguntó Seth, fulminándome con la mirada. Era una suerte que todavía no estuviese armado.

Sarah bajó la mirada hacia el suelo y luego me miró a mí.

—Soy su pareja.

Entonces, Seth cogió la una pistola de iones de uno de los soldados y se abalanzó sobre mí.

—¿Eres su pareja? ¿Estás tomándome el pelo? ¡Apareciste en medio de un combate e hiciste que el Enjambre me capturara! Y ahora... —Se pasó la mano por su cabello, del mismo color que el de su hermana—. ¿Ahora traes a Sarah a terreno peligroso, a una maldita nave prisión del Enjambre? ¿Eres idiota o solo estúpido?

Sentí la punta del arma contra mi pecho y no culpé al hombre. Había dejado el combate antes de que hubiera dicho poco más que *era mía*. No sabía que era mi compañera, que la había reclamado. Lo único que sabía era que, accidentalmente, había arruinado su última misión.

—Seth, déjale. Rescatarte ha sido mi decisión, no la suya. Me acompañó para protegerme.

Seth sacudió la cabeza y miró a su hermana.

—¿Bromeas?

—Si te preocupas por la seguridad de Sarah, entonces hablemos sobre esto cuando estemos de vuelta en el Karter —dije—. Pero has de enfocar tu ira hacia mí, no hacia Sarah. No le levantarás la voz a mi compañera de nuevo.

Cogió una bocanada de aire y lo expulsó, pero respondió rechinando los dientes.

—De acuerdo.

Asintiendo una vez y sabiendo que lo único que teníamos en común era la seguridad de Sarah, toqué el botón intercomunicador de mi camisa.

—Nave Karter. Responded.

Hubo silencio. Repetí el llamado. Los hombres se miraron entre sí, todos nerviosos al mismo tiempo. Si fuese yo a quien el Enjambre capturó y luego hubiese sido rescatado, también estaría nervioso, incluso aterrorizado, hasta que estuviese sano y salvo a bordo de una nave de la coalición.

—Sala de transporte respondiendo. Adelante.

Entonces los hombres se relajaron, y unas sonrisas vacilantes aparecieron en sus rostros, pues sabían que pronto estarían lejos de aquí.

—Tenéis nuestras coordenadas, podéis rastrear a los catorce miembros de la coalición. Transporte.

—La tormenta magnética que había afectado vuestro transporte ha cambiado de sector. No hay transporte. Repito, no hay transporte.

—¿Por cuánto tiempo? —pregunté.

Los hombres se miraron, evidentemente asustados de los soldados del Enjambre que pronto aparecerían. La nave no estaba hasta el tope de soldados ciborgs; era una nave prisión, y los combatientes enemigos estaban todos —hasta ahora— tras las rejas. No era necesaria una gran cantidad de soldados del Enjambre.

—Se desconoce. Permaneced en vuestros sitios hasta que nos comuniquemos nuevamente. Cambio y fuera.

—Alternativas —pidió Sarah apenas la conexión se hubo cortado.

Los hombres estudiaron e indicaron varias opciones, pero ninguna nos sacaba de esta nave.

—Podríamos salir volando —propuso Seth.

—¿Volar? Esta nave es demasiado grande. Además —añadí—, si nos acercamos, aunque sea un poco a una nave de la coalición, nos expulsarán del espacio.

Uno de los soldados propuso un desafío razonable.

—Cada nave del Enjambre tiene una cubierta de vuelo con escuadrones de cazas operativos. Podemos usar alguno —añadió otro.

—De todos modos, nos volarían en pedazos si aparecemos en una nave hostil —agregué.

—No si atravesamos la interferencia magnética, nos comunicamos con el Karter y nos teletransportamos desde allí —sugirió Seth.

Miré a Sarah, quien había estado escuchando con atención.

—No puedo pilotear una nave del Enjambre. ¿Alguno de vosotros puede?

Los hombres negaron con la cabeza, pero Seth miró a Sarah e hizo una mueca.

—Sarah puede.

Mis ojos se abrieron de par en par, ignoraba por completo que ella tuviera esta habilidad. Podía disparar, patear culos, elaborar estrategias, *pilotear*. ¿Qué otras cosas podía hacer?

—¡No puedo pilotear una nave como esa!

Seth envolvió sus brazos alrededor de los hombros de Sarah.

—Es igual que el C-130.

No tenía idea de qué era un C-130, así que tuve que suponer que era una nave terrícola.

—Esta nave no es nada como esa —replicó Sarah—. Ese es un avión de suministros. Con alas y timones.

—¿Eres piloto? —pregunté.

Seth sonrió, completamente seguro de su hermana.

—Ella puede pilotear cualquier cosa. Eres su compañero, ¿no deberías ya saberlo?

Sarah le asestó un golpe en el brazo.

—No lleva más de dos días conociéndome. Basta.

Seth me miró con una expresión sombría, pero le habló a uno de sus hombres.

—Meers, ¿en dónde está la cubierta de vuelo?

El recluta —su uniforme solo dejaba ver una barra en las mangas— enderezó los hombros y respondió:

—Segundo piso, en el extremo de la nave.

—Vamos hasta allá, conseguimos la nave. Si no la puedes pilotear, no estaremos en peor situación que en la que estaremos si nos quedamos aquí, en medio de las celdas. —Seth miró a los hombres, y luego a mí—. Caudillo, eres tú quien tiene el rango más alto aquí.

—Ya no soy miembro de la flota de la coalición —contradije.

—¿Te han echado o no?

—Seth, deja a Dax en paz, demonios. Si no cierras la maldita boca ahora mismo, voy a dejarte aquí. ¿Entiendes? Es mío. Me quedo con él. Supéralo.

Sarah me defendía. Ante Seth. Todo esto, todo lo que habíamos hecho desde el primer momento en el que la había visto, todo giraba alrededor de recuperar a su querido Seth. Solo había aceptado ser mi compañera para poder lograr esta misión. Cuando abandonáramos esta nave prisión, mi compromiso con ella ya habría terminado. Había supuesto que me daría la espalda y que querría coger a su hermano de la mano durante todo el tiempo que le quedara en combate. En vez de eso, *me* estaba defendiendo de *él*. Ella amaba a su hermano. ¿Ahora también se preocupaba por mí? Ese pensamiento subió mi ego, claro, pero me hizo *sentir* algo más, además de la bestia en mi interior que vociferaba que *era mía*. Era mi corazón, mi alma que se aferraba a la esperanza. No de tener a una compañera a la que follar para sanar mi fiebre, sino a una compañera con la que me quisiera quedar porque realmente queríamos estar juntos.

Seth lucía como si prefiriese comer tornillos de titanio, pero le asintió rígidamente a su hermana.

—Dax, tienes la experiencia y habilidad de un señor de la guerra. Nos podría servir tu opinión.

Contemplé a su hermano por un instante. Admiraba su habilidad para aguantarse cuando era necesario.

—No quiero que mi compañera esté en peligro ni un minuto más del necesario; sin embargo, quedarse aquí no es una opción prudente. Volar funcionará, siempre y cuando Sarah pueda pilotear la nave.

Los ojos de Seth se abrieron al oír la palabra "compañera", pese a que se lo habíamos dicho, y Sarah alzó sus brazos para que pudiese ver las esposas que cubrían sus muñecas.

—Te lo dije.

Le ofreció una pequeña sonrisa, y él rodó los ojos.

—Entonces vayámonos —dijo Sarah, tomando una bocanada de aire.

Atraje a Sarah hacia mí y susurré en su oído:

—¿Estás segura?

—¿Ahora dudas de mí? —alzó sus cejas.

—Por supuesto que no. Estoy poniendo en duda el plan de tu hermano. Si sientes que no puedes hacerlo, pensaremos en alguna alternativa.

Ella cargaba con demasiado estrés, y obviamente su hermano lo había aumentado. Le había demostrado que podía compartir esa carga —aunque fuera por medio de nalgadas— y no quería perder el progreso que había hecho, la confianza que había comenzado a ganarme solo por presionarla demasiado ahora.

—Piloteaba en el ejército, en el ejército de la Tierra. Los aviones y las naves espaciales no son ni remotamente la misma cosa. No era una astronauta, pero debo sacar a trece hombres de esta nave. Pasé por algunas simulaciones básicas en el entrenamiento para la coalición. Lo resolveré o moriré intentándolo.

—No morirás. Hallaremos una alternativa —repetí.

Tal y como ella lo había dicho, había trece hombres en este equipo variopinto. Podíamos pensar en otro plan o podíamos mantener al Enjambre alejado hasta que pudiésemos transportarnos.

Sacudió su cabeza y me miró a los ojos.

—No, Dax. Puedo hacer esto. Puedo sacarnos de esta nave. Confía en mí.

Antes de que pudiera decir algo más, comenzó a dar órdenes.

—Vosotros tres, seguid adelante, y vosotros tres a las seis. Pistolas de iones listas para tirar. Concentrémonos y larguémonos.

Los hombres se pusieron en acción, deseosos de marcharse de esta nave, confiando totalmente en Sarah.

Seguimos a Meers y a los hombres que avanzaban hasta la cubierta de vuelo. Nos encontramos con un grupo de soldados, pero pudimos dispararles rápidamente.

Había dos naves idénticas en la cubierta, y Seth nos condujo a la que se encontraba más cerca.

—Dax, Seth, mantened al Enjambre lejos mientras averiguo cómo pilotear esta hojalata —dijo Sarah.

Seth sonrió al oír el término terrícola —yo no tenía idea

de lo que era una hojalata— y comenzó a dar órdenes. No iba a cumplir las órdenes de Seth, sino que seguí las de Sarah. Ella era mi responsabilidad. La protegería o, como ella había dicho, moriría intentándolo. Claro, Seth probablemente sabía que no haría nada más que flanquear a mi compañera y no me dio ninguna orden.

Estábamos a medio camino de la rampa de embarque cuando la primera detonación del sónar hizo que nos viniéramos abajo. Me levanté de inmediato, con un pitido en los oídos, bramando un desafío. Tres soldados del Enjambre estaban de pie en el otro extremo de la plataforma de despegue, y otro set de sonares a sus pies. Las armas creaban un pequeño radio de explosión contenida que desactivaría la nave o debilitaría el casco hasta que ya no fuese seguro pilotearla.

Embestí contra ellos, disparando mi pistola de iones para acabar con el primer soldado antes de alcanzarlos con mi cuerpo. El segundo se desplomó mientras me acercaba, y miré hacia atrás logrando ver a Seth arrodillado, cubriendo mis espaldas. El tercer ciborg cargó con calma un detonador mientras me acercaba, como si nada más que su misión existiese; nada más que la necesidad que sentía de disparar contra nuestra nave.

Me pregunté en qué estaría pensado cuando torcí su cabeza, cuando su cuello se quebró. Habría seguido arrancándole la cabeza, pero Sarah estaba gritándole a todos que se subieran a bordo, y Seth y yo éramos los únicos que seguían fuera de la nave.

—Ven, caudillo. ¡Manos a la obra! —me gritó Seth, disparando al otro extremo de la plataforma de lanzamiento hacia un trío de ciborgs que entraron por el lado opuesto del área.

No tenía tiempo para arremeter contra ellos y volver a la

nave, así que me uní a Seth y nos dimos prisa en embarcar, cerrando las compuertas de lanzamiento a nuestras espaldas.

Los hombres se desplomaron en el vestíbulo, sin energía por el escape y la breve pelea. Ubiqué a Meers.

—¿En dónde está Sarah?

—Asiento del piloto. —Elevó su mano y señaló la dirección en la que mi compañera había ido. Seth y yo nos precipitamos allí.

Hallé a Sarah mirando los controles de la cabina de mando. Estaba en el asiento del piloto con el cinturón abrochado, y en su rostro había una expresión de intensa concentración.

—¿Y bien? —pregunté.

Lucía como cualquier otro tablero de control para mí; aunque bueno, yo luchaba sobre el terreno.

—Los controles son poco comunes, se parecen más a los de un videojuego que a los de una cabina de mando, pero me las arreglaré.

No comprendí ni la mitad de lo que acababa de decir, pero sonaba prometedor. Moviéndose en el asiento del piloto, tanteó el timón de dirección con forma en U y los extraños pedales.

—No hay llave para comenzar con la secuencia de ignición.

Presionó varios botones hasta que las pantallas se iluminaron.

—¿Puedes pilotear esto? —pregunté.

Siguió manipulando las pantallas, accionando algunos interruptores, y luego respiró hondo cuando el poderoso zumbido de los motores cobrando vida vibraron debajo de nosotros.

—¡Ajustaos el cinturón! —gritó, para que la oyeran los que estaban en el vestíbulo.

Eché una mirada hacia atrás, pero no vi a nadie. Seguramente los hombres habrían ido a ajustarse los cinturones, pues las vibraciones de los sistemas de la nave eran potentes y rugían por todo el piso.

Hice lo que ella ordenó, abrochando el arnés por mis hombros mientras Sarah murmuraba algo para sí misma; era un cántico extraño y repetitivo que no reconocía.

—¿Qué estás haciendo? —pregunté.

—Rezando —respondió.

Eso no me hacía sentirme mejor, pero no tenía más opción que confiar en sus habilidades. Debía confiar en que cuando ella decía que podía pilotear esta nave, era porque podía hacerlo. Tenía que dejarme llevar y darle mi fe y mi confianza a Sarah. Ahora era ella quien estaba a cargo. Mi cuerpo entero vociferaba para que yo tomase el control; para arrojarla sobre mi hombro y sacarla de aquí. Pero esa era la bestia atlán primitiva que rabiaba en mi interior, no el hombre pensante que estaba sentado a su lado. Un hombre atlán jamás cedía el control en situaciones peligrosas. Nunca. Y comencé a comprender lo que ella me había dado; el grado de confianza que había depositado en mí para ir en contra de su propia naturaleza, para entregarme su cuerpo. Sentarme a su lado, impotente e indefenso, era una de las cosas más difíciles que alguna vez había hecho.

Los disparos de iones chocaron contra los vidrios del piloto en ráfagas de destellos blancos que quemaban el vidrio.

—Enjambre a las cuatro en punto —gritó Sarah.

—¿Qué? —pregunté.

Señaló por encima de mi hombro y me di cuenta de que

quizás era un concepto terrícola. No se trataba de la hora real, sino de... lo que sea.

—Dos grupos del Enjambre están aquí —gritó Seth mientras metía su cabeza en la cabina de mando.

Otra explosión alcanzó la ventana.

—No me digas —dijo Sarah con voz tensa y los ojos fijados en la pantalla—. Están tratando de sobrecargar la red eléctrica, desactivar la nave.

Un panel hizo cortocircuito a la izquierda de Sarah, así que ella extendió la mano y lo apagó.

—¡Bajaos para poder salir de aquí! —gritó, sus niveles de ansiedad estaban aumentando.

Una explosión sacudió la nave con tanta fuerza que sentí como si mis dientes estuviesen a puntos de caerse, literalmente.

—Detonadores sónicos, también.

Seth maldijo mientras otra explosión hizo que varias luces de advertencia se encendieran y parpadearan en el asiento del copiloto. La explosión de las ondas de sonido destrozaría la nave antes de que siquiera pudiéramos despegar.

—Es por esto que luchar en el terreno es mucho mejor.

Busqué los controles de las pistolas de iones que activarían las armas situadas en los costados y en la parte frontal de la nave. No tenía idea de lo que estaba viendo. Me sentí impotente, y a mi bestia no le gustaba aquel sentimiento. Mis músculos comenzaron a agrandarse y alargase mientras yo luchaba por mantener el control.

Sarah debió haber percibido mi lucha interna, porque me llamó con la voz tan firme como una roca.

—Dax, estamos bien. No puedes convertirte en berserker aquí, no hay suficiente espacio para eso. Así que dile al chico bestia que va a tener que aguardar.

—Por Dios. Esto es un maldito desastre.

Seth se paró a un lado y presionó varios botones; las armas que estaban sobre la nave comenzaron a disparar en la dirección general en la que se encontraban los soldados del Enjambre.

Otra explosión de iones, y pude oler circuitos chamuscados. El sonoro rugido de otra explosión sónica nos alcanzó, y luego un sonido de algo estallando. Una alarma de advertencia se activó, y traté de averiguar cómo apagarla.

—Sarah, sácanos de aquí, maldita sea —gritó Seth.

—Seth, sal de mi vista, joder. —Sarah apretó los dientes—. Qué bueno que el Enjambre no haya acabado contigo, porque cuando estemos de vuelta en la base lo voy a hacer yo misma.

Presionó unos cuantos botones más, y luego siseó, apretando su costado.

—Preparaos para despegar en...

Presionó un botón amarillo. Las puertas de la plataforma se abrieron, y podíamos ver el espacio exterior.

—Dios mío, las puertas se han abierto —murmuró—. Tres.

Con sus manos, tiró hacia atrás del mando de vuelo fácilmente.

—Dos.

Sus rodillas se movieron junto con los pedales en el piso y la nave se meneó de lado a lado. Ella encontró el balance correcto de sus pies y la nave se equilibró, flotando sobre la plataforma de despegue, lista para acelerar.

—Uno.

Hizo avanzar el timón de dirección y la nave salió disparada de la nave prisión como el cohete que era. La presión me sujetó contra el asiento debido a la potencia de los propulsores; solo me sentía endemoniadamente aliviado de haber salido de allí. Sin embargo, Sarah maldecía como el peor pendenciero atlán que alguna vez haya oído, sus movimientos eran desiguales y forzados, como si tuviese problemas manteniendo el control de la nave.

—Sarah, puedes calmarte, estamos fuera del rango de fuego de la nave.

—Estoy calmada —respondió, con palabras cortantes.

Percibí el olor de su sangre en el aire y traté de tocarla, pero solo hizo un gesto con la mano.

—Dame un minuto. No he acabado aún.

—Estás herida.

Se encogió de hombros.

—Es solo un rasguño, Dax. Déjame. No estamos en casa todavía. Háblame, Seth.

Seth estaba sentado en la estación de rastreo, detrás de ella; sus ojos buscaban naves enemigas que pudiesen seguirnos.

—Se ve despejado. No veo ninguna persecución.

—Gracias a los cielos.

Se sentó en silencio, el sudor corría por sus sienes y sus manos temblaban mientras llevaba la nave de vuelta al espacio de la coalición. El campo magnético se sacudió e hizo traquetear la nave por varios minutos, y la pantalla de la estación de rastreo se volvió completamente verde.

Seth se inclinó en su asiento y levantó el puño.

—Sí. La tormenta magnética nos ha ocultado. ¡No tienen manera de localizarnos, hermanita! ¡Demonios! ¡Lo has hecho!

—Bien. Dax, puedes tomar los controles. Solo haz que no se mueva... hasta que estemos... —Su mano soltó los controles y tocó su costado, curvándose con un gemido—. Despejados. Hasta que esté todo despejado.

En vez de vigilar el espacio, miré por completo a Sarah.

—Compañera, todavía puedo oler tu sangre. Y estás sudando como si te hubiese follado durante horas.

Seth murmuró algo sobre esconder un cuerpo cuando escuchó ese comentario, pero lo ignoré.

Sarah hizo una mueca, pero no discutió. Algo no estaba bien. Su piel estaba pálida. Demasiado pálida, y su respiración era débil; sus ojos se posaron sobre mí, mirándome sin verme realmente.

Me quité el cinturón y me acerqué a ella. Pestañeó un par de veces, mirando en mi dirección, pero sabía que ya no procesaba lo que veía.

—¿Solo un rasguño, Sarah? ¿Me has mentido?

Moviéndome lentamente, me arrodillé a su lado y vi su costado por primera vez. Cuando lo hice, quise darle unas nalgadas y sujetarla al mismo tiempo. Había sangre en su armadura y goteaba al piso desde la punta de un gran trozo de metal que sobresalía de su chaleco. El metal debió haberle perforado una costilla, y quizás su pulmón.

—Qué mujer tan testaruda. Estás desangrándote.

Ella miró su costado, colocando una mano al lado del pedazo de metal.

—Está bien, Dax. Ahora está bien. Ya no duele.

Sonrió como si fuese una niña pequeña; atontada y despreocupada, y sabía que estaba aún peor de lo que me había imaginado.

—Seth, ocúpate de los controles. ¡Ahora! ¡Meers!

Grité en dirección al vestíbulo, desajustando su cinturón. Maldición, estaba gravemente herida y me había mentido sobre eso. Estaba desangrándose, y aun así piloteaba una maldita nave del Enjambre. Se estaba sacrificando para darnos unos minutos más. Estaba muriendo por estos hombres. Por mí.

—Deja de gritarme —respondió, apoyando su cabeza contra el asiento del piloto.

—Me mentiste.

Estaba desesperado y la bestia se había enfurecido. No por necesidad, sino por miedo. La bestia estaba ansiosa, preocupada sobre nuestra compañera. Caminaba de un lado a otro dentro de mí, quejándose alternadamente y aullando por salir, por destrozar esta nave y a todos los que estaban dentro de ella.

—Tenía que sacarte de allá.

—Eres la mujer más testaruda, complicada, irritante y frustrante que he conocido. Deberías haberme dicho lo herida que estabas, joder. ¿Cuándo sucedió eso, Sarah? ¿Cuándo?

—Detonador sónico, cuando estábamos corriendo hacia la nave —respiró—. Está mejor ahora. Ya no duele —repitió, posando su mano en mi antebrazo. Dejó en ella una huella ensangrentada. Si no dolía, entonces significaba que...

—Sarah, no vas a dejarme —susurré la orden y presioné sus labios contra los míos mientras Meers entraba a la sala.

—¿Sí, señor?

Meers metió la cabeza en la cabina de mando mientras cargaba a Sarah. Seth ocupó el asiento del piloto, asegurándose de sostener el control en el punto exacto en el que Sarah lo había estado sosteniendo.

—Sarah está gravemente herida. Llama al equipo de transporte del Karter y sácanos de esta maldita nave. *Ahora.* Si muere, todos moriréis con ella.

La amenaza no era en vano. Si la perdía antes de que regresáramos a la nave, la bestia haría trozos a todos los que estuviesen a bordo, y no habría absolutamente nada que yo pudiese hacer para detenerla.

—Maldita misión suicida. La capitana ha puesto vuestras vidas en peligro con su comportamiento imprudente —escupió el comandante de la nave.

—Ha salvado a doce soldados de la coalición y te ha traído los intercomunicadores del Enjambre en la nave que se robó. —Me erguí hasta alcanzar mi altura máxima, cerniéndome sobre el guerrero prillon que se atrevía a insultar a mi compañera malherida—. Más de un hombre en esta nave le debe su vida.

El comandante se cruzó de brazos y sacudió la cabeza.

—Lo sé. Tomaré a los hombres y los intercomunicadores —el comandante murmuró sus siguientes palabras en voz baja, pero yo tenía audición de atlán y la bestia no dejaba pasar nada—Eso no lo hace menos imprudente.

Si no estuviese cuidando el cuerpo de mi inconsciente compañera, lo habría contradicho; habría pateado su rostro hasta que este sangrase. Ya estaba harto de comandantes pesados. Primero el mío, quien me había obligado a entrar en el programa de novias para que no muriera, y luego el de Sarah, quien se había negado a ayudarla a encontrar a Seth. Y ahora este. Estaba de pie junto a la cápsula de emergencia de Sarah, viendo cómo los doctores agitaban sus varitas sobre sus heridas. Sabía que la tecnología de la nave la sanaría rápidamente, pero mi bestia no atendía a la lógica ni a la razón. Con cada exhalación me esforzaba en mantener ese lado oscuro bajo control, pues mi compañera había sido gravemente herida y no hubo nada que pudiese hacer. Los doctores sí, ¿pero yo? No podía protegerla en este instante. Ahora tenía que quedarme allí, de brazos cruzados, mientras ella estaba siendo sanada por el sistema de control médico.

Seth y sus hombres habían activado los intercomunicadores y hecho que nos transportaran a una nave distinta; no al Karter, sino a una que no estuviese en la línea directa del campo magnético. Todo había pasado en cinco minutos, los hombres eran expertos en obtener asistencia, pero había sido así durante toda mi vida. En la flota de la coalición todo tenía una razón y un propósito. Todo tenía sentido. Se daban órdenes y otros las seguían. Cada guerrero era fuerte y sabía exactamente lo que esperaban de él o ella. Esperábamos luchar, sangrar, morir. Cada guerrero conocía su papel, como mi Sarah.

Miré a mi compañera y se veía tan frágil yaciendo allí, tan débil y definitivamente mortal. No era una mujer feroz de alguna de las razas guerreras. No, era tan solo una delicada mujer de la Tierra que también era mi compañera, mi corazón, mi vida. No me importaba que ahora fuese una guerrera tan habilidosa que podía organizar un ataque terrestre o pilotear una nave enemiga en medio de un campo magnético. Era mucho más valiente que cualquier persona que conociera, mucho más inteligente que cualquier estratega militar y, aun así, su cuerpo era tan frágil. En verdad estaba impaciente por cogerla en brazos y llevármela de este lugar; lejos de los hombres, del ruido, del peligro constante de un ataque enemigo. Durante años, nada de eso me había molestado, lo había aceptado como mi deber. Estábamos en una guerra contra el Enjambre; había sido así desde antes de mi nacimiento, y probablemente seguiría así después de que yo me fuera. Sin embargo, no quería que nada de esto afectara a Sarah. Ya no más. Era demasiado hermosa, demasiado perfecta para toda la fealdad que la rodeaba ahora.

En esos cinco minutos aprendí que no era ni la mitad de fuerte que creía. Los músculos no me protegían del dolor de casi haber perdido a Sarah. En donde yo era débil, ella era fuerte. Sus dos hermanos y su padre habían muerto, y el último miembro vivo de su familia había sido teletransportado por el enemigo justo frente a sus ojos. Su reacción había sido la determinación para salvar a Seth. Su amor, cuando lo sentía por alguien, era persistente en su fuerza, valiente y lleno de terca esperanza. Su amor era la única cosa que quería con desesperación y, sin embargo, ella resguardaba su corazón tan bien.

Esos cinco minutos me hicieron ver que éramos una pareja que necesitaba comprometerse. Ella daba y daba, y yo tomaba. Era tiempo de que yo diese algo, también; de que la dejase ser ella misma, sin forzarla a ser la mujer débil que el comandante pintaba y que yo, ciertamente, había pensado que era al principio.

Quería extender mi mano y tocarla, sentir su piel para asegurarme de que todavía estuviese cálida; sentir su pulso, verla respirar, pero el doctor ya me había apartado del camino lo suficiente. Cuando amenacé con arrancarle los brazos si me echaba del centro médico, me permitió quedarme mientras no me interpusiera en su camino. Era un compromiso razonable, pero no apartaba mis ojos de ella.

Quería atizar su culo hasta dejarlo al rojo vivo por haber hecho que la lastimaran, pero no había hecho nada imprudente para merecerlo. No quería que corriera ningún tipo de peligro, pero había estado justo a su lado cuando esto sucedió. No hubo ninguna manera de protegerla, de cubrirla de la consola de visualización que se rompió, o de la pieza de consola que ahora estaba incrustada en su costado. Aparte de atarla a mi cama, no había modo de protegerla completamente del peligro. Aunque me haría cargo de que disfrutara su tiempo atada, pronto comenzaría a detestar el encierro y a mí. No podían mantenerla alejada de su pasión, de su lucha, por más tiempo de lo que podrían mantenerme alejado a mí. Era una guerrera y no había nada que yo pudiese hacer para cambiar su corazón. Era una dura lección que estaba aprendiendo, y desafortunadamente había sido necesario que ella saliera gravemente lastimada para poder darme cuenta de esto.

Cómo controlaría a la bestia que tenía dentro cuando ella se pusiera a sí misma en peligro, no lo sabía. El doctor revisó la pantalla y caminó hacia el otro extremo de la cápsula.

—Oí que la capitana ha salvado el día.

Escudriñé su rostro buscando falta de sinceridad, pero no encontré nada de eso.

—Piloteó una nave enemiga estropeada, sacándonos de una nave prisión del Enjambre, evadió una tríada de soldados de reconocimiento del Enjambre y nos condujo de forma segura a través de un campo magnético. No ha sido imprudente, ha sido un rescate.

—Estoy de acuerdo con el guerrero.

Seth se unió a mí posicionándose al lado de Sarah, y la observó tumbada, apretando la mandíbula.

—Y también estarán de acuerdo los otros once hombres rescatados a los que ella les ha salvado la vida.

—Va a estar bien —le dijo el doctor a Seth. Ya había conocido a su hermano, pero Seth había sido enviado a un interrogatorio y finalmente había regresado—. Un estado de sueño ayudará a sanar la herida perforada. La computadora indica que en dos horas habrá despertado. Cuando lo haga, realizaré un examen completo para garantizar que esté completamente repuesta, pero no tengo preocupaciones.

Seth echó un vistazo a su hermana por última vez, claramente satisfecho con su estado, y se volvió hacia el líder de la nave a la que habíamos sido transportados.

—Comandante, con todo el debido respeto —dijo Seth. Le hizo frente al líder prillon como el capitán que era. Orgulloso, erguido—. Todos los líderes de la coalición decidieron darme a mí y a los otros por muertos. En estos momentos sería un soldado del Enjambre si no fuese por ella. Así que puedes irte al diablo si pretendes llevarla a la corte militar. Ha tenido que lidiar con comandos de mierda, con esta enorme bestia, y me ha cuidado a mí, también. Es la mujer maravilla.

Fruncí el ceño, y el comandante también hizo lo mismo.

—¿Quién?

Seth rodó los ojos.

—Una mujer que puede hacerlo todo.

Traté de ocultar mi sonrisa, realmente traté, pues eso describía a mi Sarah a la perfección. Tampoco sabía quién era la mujer maravilla, pero ella era, en verdad, *mi* mujer maravilla. Al principio había odiado a Seth por ser la razón por la cual Sarah debía volver a correr peligro, pero me estaba agradando más con cada minuto que pasaba.

—Capitán Mills —replicó el comandante, pronunciando sus palabras con los dientes apretados.

—Comandante.

—No puedo castigar a su hermana porque no es parte del ejército de la coalición. Es *su* compañera, y pienso que eso, probablemente, es castigo suficiente.

Me habría ofendido, pero estaba contento junto a mi pequeña compañera humana. Solo tenía que esperar dos horas hasta que se despertara.

—En cuanto a usted... —El comandante dio un paso al frente, pero Seth no retrocedió.

Los dos hombres estaban frente a frente, prácticamente.

Aunque Sarah no podía ser castigada por la coalición, a Seth podían quitarle su rango y obligarle a hacer trabajos forzados por el resto de su servicio. Era decisión del comandante. Seth se había ganado un castigo solo con su insubordinación.

—Puede retirarse.

Seth hizo un saludo militar y se retiró.

—En cuanto a *ti*... —El comandante se volvió hacia mí—. Cuando sane, llévate a tu compañera lejos de aquí. Deja de provocarme con lo que no puedo tener.

Se dio la vuelta y pasó al lado del doctor, quien había regresado para revisar a Sarah.

Le sonreí a mi compañera. Las máquinas emitían un constante y uniforme pitido, y el doctor estaba tranquilo y complacido con su reacción al tratamiento. Estuve a punto de enloquecer cuando perdió el conocimiento en el asiento de la nave, al no estar seguro de qué hacer. No tenía manera alguna de salvarla. Los músculos no me servirían. La fuerza bruta no haría nada. Arrancarle la cabeza a alguien no me daría soluciones.

Así que me vi obligado a esperar. Cuando se hubiese recuperado, le daría varias nalgadas por haberme asustado tanto. Entonces le daría placer, porque me encantaba ver cómo se corría en mis dedos y mi miembro.

10

arah

Abrí mis ojos y vi a Dax observándome. Pestañeé una vez, luego dos veces, tratando de recordar el momento en el que me había dormido. Me sentía descansada y cómoda, pero aun así sentía que había olvidado algo.

—¿Te sientes mejor? —preguntó, con sus cejas formando una V.

—Me siento... ¡Ah!

Me senté, casi chocando mi cabeza con la suya.

Estaba en una unidad médica en la que había varias camas y pacientes inconscientes. Estaba usando una bata, no muy distinta a las que se usaban en los hospitales de la Tierra. Todo me vino a la mente: el rescate de la prisión, la nave, el dolor en mi costado, aquel pedazo de metal.

Puse mis manos en mi costado y vi que no había ninguna metralla sobresaliendo de mi piel —o de la bata—, y no había sangre. Tampoco sentía dolor.

—Estás completamente curada —murmuró, y apartó mi cabello de mi rostro con una caricia. Caía libremente por mi espalda.

—Si es así como la medicina espacial funciona, entonces me agrada —comenté, haciendo presión sobre el sitio en el que había sentido la punzante quemadura que me había ocasionado la perforación. Si estuviese en la Tierra, o estaría muerta ahora o habría necesitado semanas para curarme—. ¿Por cuánto tiempo he estado inconsciente?

—Dos horas en la unidad médica, y otros cinco minutos en los que estabas inconsciente en mis brazos mientras tu hermano organizaba un transporte alternativo.

—¿Eso es todo? Vaya.

Dax se puso en pie y colocó sus manos sobre sus caderas.

—¿Eso es todo? —gruñó. Pude oír las vibraciones dentro de su pecho—. Compañera, ¿no sabes por lo que he pasado en ese período de tiempo?

Antes de que pudiese abrir la boca, el doctor se acercó y comenzó a agitar una graciosa varita por encima de mi cabeza. Mantuvo sus ojos fijos en el monitor, y entonces extendió su mano para presionar un botón en la pared que estaba a mis espaldas.

—Ya puede irse.

—¿Sí? —pregunté, totalmente asombrada de haber sido apuñalada con una pieza de astronave hacía menos de tres horas y de verme bien ahora.

—Usted —replicó—, está completamente sanada y la he dado de alta.

Con mis piernas colgando del borde de la cama, me bajé; mis pies descalzos aterrizaron sobre el frío piso. Extendí mis manos hacia atrás y cubrí mi trasero, pues sabía que se veía todo.

—¿La ha dado de alta para hacer *cualquier* actividad, doctor? —preguntó Dax.

Me sonrojé, pues sabía muy bien a qué clase de actividades se refería.

El doctor se aclaró la garganta.

—Sí, para *todas* las actividades.

Dax se arrodilló y antes de que supiera lo que sucedía, su hombro hacía presión contra mi panza y estaba echada sobre su hombro. Apoyé mis manos sobre su espalda baja para mantener el equilibrio.

—¡Dax! —grité.

Se dio la vuelta y prácticamente salió disparado por la salida.

—¡Se me ve el trasero!

Podía sentir el aire frío y sabía que *todos* estaban viendo *todo*.

Se detuvo, tomó mi bata y unió los extremos, dejando una de sus enormes manos sobre mi trasero. Agradecía que fuese posesivo, pues estábamos en el vestíbulo antes de que pudiera pensar en otra cosa.

—¿Hacia dónde vamos? —pregunté, viendo cómo el piso cambiaba de color, de verde a naranja; esa era la única manera que tenía desde mi perspectiva para saber que habíamos dejado el área médica atrás y estábamos entrando a los cuarteles residenciales de la nave.

—Hacia nuestra habitación.

—Espera, los otros. ¿Están bien? —pregunté—. Dax, bájame. No puedo hablar mientras veo tu culo.

Le di un golpe con mis puños.

—Todos están bien.

—¿Y Seth? —Contuve la respiración mientras esperaba que contestara.

—Está bien.

Relajé mis músculos, aliviada.

—Llévame con él. Por favor —añadí.

Dax se detuvo en la intersección de dos vestíbulos.

—Muy bien.

Se dio la vuelta y comenzó a andar por un largo corredor, y se detuvo frente a una puerta. Bajándome, envolvió su brazo alrededor de mi cintura mientras presionaba un botón que en la Tierra llamaríamos timbre.

Tiré de la bata.

—Al menos podrías haber dejado que me cambiara antes de que me cogieras en brazos y me sacaras de allí. Realmente eres un cavernícola —gruñí.

—Espera hasta que regresemos a nuestra habitación. —Me miró intencionadamente—. Entonces verás lo que es ser un cavernícola de verdad.

La puerta se abrió y Seth apareció delante de mí, claramente sano y salvo. También se veía claramente que estaba enojado con Dax, pues no pudo haber pasado por alto lo que él había dicho acerca de lo que me haría.

Para evitar una nueva riña verbal, atraje a Seth hacia mí y lo abracé. Se sentía tan bien tenerlo entre mis brazos nuevamente, saber que estaba bien e intacto, y... ¿qué? Lo amaba. Realmente. Era mi hermano y lo admiraba y lo escuchaba y lo odiaba cuando era autoritario. Pero...

Lo solté y miré a Dax. Se alzaba allí imponente —no había otra palabra para describir a aquel hombre colosal fuera de la puerta—, aguardándome. Toleraría el irritante comportamiento de Seth porque era su pareja. Caray, parecía que hacía *todo* por mí. Había entrado a una nave prisión del Enjambre para rescatar a un hombre que le odiaba a muerte solo porque yo quería.

Ahora el mandón era Dax, no Seth. Era él a quien quería abrazar. Era él por quien me preocupaba —no era que no me preocupara por Seth, pero *esto*, esto era diferente. *Yo* era diferente. Había utilizado a Dax para mi propio beneficio, para rescatar a Seth. Había hecho un trato con él, y él había cumplido con su parte hasta el final.

—No puedo creer que seas la pareja de esta mole —murmuró Seth—. ¿Tienes idea en lo que te has metido? No podré salvarte esta vez, hermanita.

Mi boca se abrió de par en par y miré a mi hermano, con los ojos como platos. Después mis ojos se entrecerraron, y juro que mi presión sanguínea se disparó hasta rozar el límite de un ataque. Me acerqué a él y pinché su pecho con mi dedo.

—¿Salvarme? ¿Estás de coña? ¿Cuándo me has salvado tú? —grité.

Dax entró a la recámara de Seth y la puerta se deslizó, cerrándose.

Seth lucía incómodo ahora, pasando su mano por su cabello.

—De Tommy Jenkins en el quinto grado cuando quería mirar por debajo de tu falda. De Frankie Grodin cuando solo quería llevarte al baile de graduación para que fueses otro nombre en su lista de conquistas de la secundaria. De ese estúpido sargento instructor que te obligaba a hacer lagartijas extras.

—Primero, Tommy Jenkins se metía conmigo cuando tenía diez y le di un golpe en la nariz. Frankie Grodin tuvo una sorpresa muy desagradable cuando Carrie y Lynn le hicieron una foto con su polla afuera y la enviaron a toda la clase. Y el sargento instructor me forzaba a hacer esas lagartijas extras porque tú no parabas de ir a vigilarme. En cuanto a lo de salvarme, ¿quién demonios crees que te ha salvado el pellejo del Enjambre, hermano mayor?

Me crucé de brazos, sin importarme que la parte trasera

de la bata estuviera abierta y que Dax pudiese ver mi trasero sin problema.

El rostro de Seth se coloraba cada vez más durante mi perorata, y señaló a Dax con su dedo.

—Él se coló en medio de ese combate e hizo que me raptaran.

—Sí, pero eso fue un accidente. Cualquiera de los hombres pudo haber sido raptado. Cielos, incluso tú pudiste haber sido raptado en cualquiera de las otras batallas en las que hemos estado. ¿Por qué rayos estás molesto con él cuando fue quien entró a rescatarte?

—¡Porque permitió que fueses con él!

—¿Así que debió haber ido a salvarte por su cuenta?

Ahora estábamos gritando a todo pulmón, y cuando le lancé una mirada a Dax, estaba apoyándose contra la pared con una sonrisa en el rostro. Por primera vez no estaba interrumpiendo nada.

—Ha sido él quien te ha metido en este lío en primer lugar, con todo eso de la novia intergaláctica. —Seth agitó su mano, como si no pudiese descifrar cómo llamarle a eso.

—¿Así que el hecho de que estuviésemos emparejados es la razón por la cual todo esto sucedió? Cielos, Seth, eres un idiota. Si quieres culpar a alguien, entonces busca a la guardiana Morda en Miami, porque fue ella quien me metió por error en el programa de novias en vez de la inducción de la coalición. ¿Sabes qué? Seríais perfectos el uno para el otro.

Sacudí mi cabeza y exhalé mi aliento contenido. Por el rabillo del ojo vi cómo Dax se tensaba. Rayos, aquellas palabras probablemente le habían hecho enfadar.

Seth bajó los hombros.

—Solo quiero que estés a salvo. Sin Chris ni John por aquí, ahora eso recae sobre mí.

Negué con la cabeza.

—No, eso recae sobre Dax.

Caminé hacia Dax y envolví mis brazos a su alrededor, presionando mi mejilla contra su pecho.

—Puedo verte el culo, sabes —gruñó Seth mientras miraba a otro lado, sin duda apartando su mirada.

La mano de Dax se dirigió hacia mi espalda baja y unió los dos extremos de la bata.

—Ahora puedo ver su mano en tu culo.

—Demonios, Seth —me quejé, y luego lo ignoré. Me deleité en el roce de Dax, en su aroma, en los latidos de su corazón en mi oído, incluso en su mano sobre mi trasero—. Todo este desastre me hizo ver que he vivido toda mi vida a vuestra sombra, haciendo la voluntad de nuestro padre. Incluso me enlisté en el ejército para hacerle feliz, por ti y John y Chris.

Me miró, totalmente sorprendido.

—¿Cómo? Pensé que querías hacer eso.

—¿El qué? ¿Practicar karate a los diez cuando todas las demás chicas practicaban ballet? Por *eso* golpeé a Tommy Jenkins en la nariz, porque sabía cómo dar un puñetazo. —Hice una pausa, y luego continué—. Mira, Seth, te quiero. Me alegra que hayas hecho todas esas cosas conmigo, con Chris y con John, pero siempre he hecho las cosas sin estar convencida, buscando lo que realmente *quiero*.

Seth se rascó la oreja.

—¿Y qué es lo que quieres?

—A Dax.

Sentí cómo Dax se ponía rígido a mis espaldas, y luego se relajó. Me giró para que mi espalda estuviera contra su pecho, y colocó sus manos sobre mis hombros. Ya no podía verlo, pero sabía que literalmente me estaba cubriendo las espaldas. No creía que supiera qué significaba aquel dicho de la Tierra, pero el gesto era contundente.

—¿En serio? —preguntó Seth, sacudiendo la cabeza lentamente.

—En serio. Me voy a Atlán en cuanto su fiebre haya acabado.

—¿Lo harás? —preguntaron ambos hombres al mismo tiempo.

—Sí.

Lo haría. Me sentía bien con esa decisión, también.

—No necesito estar junto a ti para que sepas que te quiero, pero Dax sí.

Sentí un gruñido vibrando contra mi espalda.

Seth agitó su mano mientras suspiraba.

—Ve, Sarah. Todo lo que siempre he querido para ti es que estuvieras segura y feliz. Eso es todo lo que queríamos. Vive feliz por siempre y ten diez hijos con... —Seth observó a Dax por un minuto, midiendo sus palabras cuidadosamente mientras yo cerraba el puño, lista para asestarle un golpe en el rostro si insultaba a mi compañero otra vez—. Este enorme guerrero que, estoy seguro, moriría para protegerte.

Seth extendió su mano hacia Dax, quien lucía confundido.

—Lo haría.

Su promesa, con su voz grave y áspera, hizo que mi sexo se contrajera debajo de mi bata, y oí cómo Dax respiraba hondo, aspirando el aroma de mi excitación. Entonces gruñó, acercándome a él. Mi hermano estaba de pie en silencio y estoico con su mano extendida en señal de ofrenda de paz.

—Dale la mano, Dax.

Cogí la mano de Dax y la extendí, colocándola sobre la

de Seth, para que mi hermano pudiese estrecharla. Entonces sonreí, complacida al saber que Seth comprendía. Quizás él también estaba buscando una compañera.

Sonriendo, moví mis cejas de manera insinuante.

—Sabes, ahora eres capitán.

—Lo sé.

Mi hermano soltó la mano de Dax y lucía confundido.

—Puedes solicitar una novia del Programa de Novias Interestelares. Sería perfecta para ti en todos los sentidos, tu pareja perfecta.

Seth se echó a reír y yo sonreí burlonamente, encantada con la idea, de pronto. Seth negó con la cabeza.

—No lo creo.

—¿Qué, tienes miedo de que te envíen una esposa alienígena viscosa y verde? —Sacudí la cabeza—. No sucederá. Te analizan, Seth. Conectan tu cerebro con sondas y reproducen vídeos de ceremonias de unión en tu cabeza hasta que estás tan excitado que sientes que enloquecerás. Pero te unen a alguien que tiene el mismo fetiche que tú.

Seth miró a Dax, y luego a mí otra vez.

—¿Entonces querías a alguien grande y aterrador, eh?

Dax gruñó como señal de advertencia, pero eché mi cabeza hacia atrás y reí mientras sentí alegría inundándome.

—Sí. Supongo que sí. —Le di una palmada a Seth en la mejilla y sonreí—. Ahora, si nos disculpas, necesito cuidar a mi alienígena, pues tiene fiebre.

Seth bufó.

—Demonios, hermana, no necesito saber estas cosas. Demasiada información. —Caminó hasta la puerta, abriéndola—. Ve, cúralo. Lo que sea, pero no delante de mis narices.

Dax dio un paso al frente, extendiendo de nuevo su

mano hacia mi hermano en una ofrenda de amistad que me dejó sorprendida.

—Voy a llevar a mi compañera a Atlán, Seth. Serás bienvenido en nuestro hogar siempre que quieras.

Seth contempló la mano extendida, y luego cogió el antebrazo de Dax para darle un apretón de guerreros.

—Cuídala.

—Esa es mi intención, comenzando por una buena zurra por haberme mentido sobre su herida, y entonces... bueno, entonces...

Seth soltó el brazo de Dax, alzando su mano mientras me quedaba boquiabierta por las palabras de Dax. ¿Que iba a hacer qué?

—De nuevo, hermano, demasiada información.

Seth negó con la cabeza, riéndose mientras yo pestañeaba y trataba de procesar lo que Dax acababa de decir.

—*No* vas a darme nalgadas —escupí, sintiendo cómo mis mejillas hervían—. Te salvé la vida, Dax. Nos salvé a todos. Si te hubiese dicho que estaba herida, no me hubieses dejado pilotear la nave. Me hubieras apartado del asiento del piloto y...

Dax me interrumpió.

—Y hubiera hecho que alguien más sujetara los malditos controles para que no te desangraras. Has puesto tu vida en peligro sin motivo, Sarah. Me mentiste para hacerlo. Pondré tu culo al rojo vivo para que no suceda de nuevo.

—Más vale que lo hagas —dijo Seth, con su rostro de hermano protector—. Casi me has matado del susto, Sarah. —Asintió hacia Dax—. Dale una nalgada extra de mi parte.

Dax alzó una ceja, pero estuvo de acuerdo de inmediato.

—Hecho.

Me atrajo hacia él, fuera de la puerta.
Antes de que la puerta se cerrara, Seth dijo:
—Guerrero, si la lastimas, te perseguiré y te mataré.
Dax acarició mis hombros con sus dedos.
—No esperaría menos.

Dax

Unas horas después, me encontraba en el balcón de nuestro nuevo hogar junto a mi compañera, aspiré el aroma de Atlán y admiré sus paisajes. Habían pasado diez largos años desde que había visto las onduladas colinas doradas y verdes, los imponentes árboles con anchas hojas púrpuras y verdes; las flores de todos los colores que adornaban las calles como si fuesen fibras de vidrio delicadas, sus pétalos transparentes centelleaban debajo de la luz de nuestra estrella, como miles de luces resplandecientes.

A mi lado, Sarah lucía increíblemente encantadora en un vestido hecho de la tela más fina que podía encontrarse en este sector. El color dorado pálido cubría sus bellos hombros y se ceñía sobre sus pechos. Se ajustaba a sus curvas y caderas y entonces caía en forma de una ola resplandeciente con un vaivén justo por encima de sus tobillos. Envolví mi brazo alrededor de ella y le coloqué un medallón en el cuello; la figura dorada y rectangular, tal como nuestras esposas, tenía grabados los símbolos de mi línea familiar.

Habíamos llegado en un transportador. Todavía usando la armadura de la coalición, el antiguo rango de capitana de

Sarah estaba a la vista del comité de recepción del senado de Atlán. Los gritos de asombro y las miradas curiosas habían aparecido de inmediato; e incluso antes de que nuestros intercomunicadores comenzaran a parpadear en nuestros cuarteles, sabía que mi esposa se convertiría en una celebridad por estos lados, una mujer única e intrigante que había luchado junto a su compañero; una mujer guerrera. Era posible que Atlán jamás superara esto.

Ella se ajustó el medallón y dio vueltas en círculos, riéndose. Jamás la había visto tan alegre y despreocupada.

—Me siento como Belle, de *La bella y la bestia*.

Fruncí el ceño.

—No entiendo qué significa eso, compañera.

Ella se detuvo y me sonrió.

—No importa. Estoy feliz. Jamás me había sentido así antes.

—¿Así cómo?

—Hermosa. Delicada. —Dio una vuelta nuevamente, viendo cómo su falda se elevaba como un remolino hasta sus rodillas. Su cabello estaba suelto y sus ondulados bucles oscuros caían sobre sus hombros—. Me siento como una princesa. Y estamos viviendo en un castillo. Cielos, Dax. ¿Eres rico o algo así? Este lugar es increíble.

Sarah sonrió y pasó sus manos por mi cuello, subiendo su rostro para besarme, lo cual hice con ansias. Cuando jadeó y se quedó sin aliento, sintiendo deseos; cuando comencé a oler el dulce aroma de su excitación, la bajé y contemplé a la mujer que estaba a punto de ser mía en todos los sentidos.

—La fortuna es irrelevante aquí. Soy un señor de la guerra atlán y tú eres mi compañera.

Ahora era su turno de fruncir el ceño.

—No comprendo.

Acaricié su pómulo con mi pulgar, disfrutando de su felicidad, del brillo despreocupado que nunca antes había visto en sus ojos.

—No hay muchos atlanes que regresen de la guerra. La mayoría son ejecutados cuando los domina la furia asesina en el combate. Aquellos que controlan a sus bestias, aquellos suficientemente fuertes para regresar son recompensados con riquezas, tierras, castillos. —Señalé con mi mano la inmensa estructura que nos rodeaba.

La casa era mucho más de lo que necesitábamos, con casi cincuenta habitaciones y un personal de asistentes atlanes emparejados que nos servirían en cuanto necesitáramos. Acaricié su labio inferior, mi polla se ponía más dura con cada segundo que pasaba.

—Estoy feliz de proveerte, princesa.

Ella me observó, analizando el vestuario formal de un caudillo retirado, las apretadas líneas de la chaqueta que no escondía mi enorme pecho ni mis hombros, la chaqueta diseñada para mostrar las brillantes esposas de unión que rodeaban mis muñecas, que me hacían suyo por siempre. Su sonrisa se desvaneció y una expresión oscura y triste reemplazó la alegría que tenía en sus ojos.

—¿Qué haremos ahora, Dax? No sé qué hacer si no estoy luchando. Me siento inútil, como un adorno que han dejado en una repisa para que coja polvo. Hay hombres buenos allí afuera luchando y muriendo, y yo estoy dando vueltas como una idiota. No sé cómo ser esto. —Señaló su vestido y me volvió a mirar—. No soy una princesa, Dax. No sé cómo hacer esto, cómo ser feliz cuando siento que todavía debería estar luchando. Cuando hay hombres buenos que siguen muriendo.

—Ellos luchan para darte esta vida. Luchan para que los otros puedan vivir vidas plenas, exactamente como tú lo hiciste por los demás en la coalición y en la Tierra. Y yo he estado fuera de Atlán por mucho tiempo. Eso es algo que tendremos que descubrir juntos.

Me quité la chaqueta y la tiré al suelo. Mi camisa fue la siguiente. Cuando no tenía nada en el pecho, cuando podía sentirla contra mi piel desnuda, la acerqué a mí y apoyé su oreja sobre mi corazón palpitante.

—No estaremos sin hacer nada, compañera. El senado nos pedirá que asistamos a muchos eventos, y seremos embajadores para aquellos que piensen en unirse a la flota. Seremos entrevistados e interrogados por muchas personas. Nos consultarán en asuntos de política y guerra. Les enseñaremos a otros cómo sobrevivir en sus próximas batallas, y tendremos hijos, compañera. Quiero que mi hijo crezca en tu vientre. Quiero una casa repleta de niños revoltosos y niñas insolentes. Quiero escabullirme en el armario para follarte, apoyarte contra la pared y camuflar tus gemidos de placer con mis besos para que los niños no oigan tus gritos.

Sus hombros se sacudieron mientras reía.

—Eres tan malo, Dax.

Bajé mis manos hasta su espalda y desabroché su vestido, dejando que la suave tela cayese como una cascada a sus pies. Sabía lo que estaba usando debajo del vestido, una fina tela que no evitaría que la azotara, que la follara, que la reclamara.

Entonces la elevé, cargándola en brazos y caminando hacia nuestra recámara, acomodándome en un lado de la cama con ella en mi regazo. Se tumbó tranquila y contenta, su calidez era como un bálsamo para mis sentidos. Tenerla aquí conmigo, en nuestro nuevo hogar, me tranquilizaba de una manera que no consideraba posible.

Y, aun así, había una lección que debía darle.

Alzando su cabeza con un dedo debajo de su mentón, la

besé hasta que se derritió; hasta que su excitación empapó el fino vestido que usaba y sus pezones se convirtieron en picos endurecidos debajo de mis manos curiosas.

Cuando se volvió dócil y delicada, le di la vuelta para que su panza descansara sobre mis muslos; su cabeza colgaba y su trasero estaba elevado para recibir una firme nalgada.

—¡Dax! ¿Qué estás haciendo?

Se retorció, pero la sostuve colocando una mano sobre su espalda.

—Me mentiste, Sarah. Prometí darte unas nalgadas. Ha estado pendiente desde hace mucho tiempo porque tuvimos que darnos prisa con el transporte.

—Dax. No. No puedes hablar en serio. Tenía que...

Mi firme mano atizando su trasero interrumpió su argumento. Gritó, no con dolor sino con indignación, y la aticé de nuevo, con más fuerza, haciendo que mi palma ardiera por la fuerza del azote.

—No, compañera. No debes mentirme. Nunca. Siempre dirás la verdad. Aprenderás a confiar en mí.

¡Zas!

Pataleó mientras continuaba:

—Si hubieras confiado en mí, te hubiera ayudado. Pude haberme ocupado de tu herida, pude haberme encargado de pilotear la nave, de preparar un kit médico para ti —*¡zas!*—. En vez de eso me quitaste el derecho, como tu compañero, de cuidarte. Te has puesto en peligro a ti, a los hombres por los que arriesgamos nuestras vidas y a mí. Me mentiste —*¡zas!*—. Nunca me mientas de nuevo.

Intentó empujarme, pero era pequeña; sus brazos no eran lo suficientemente largos como para abalanzarse al suelo. Con un gruñido le arranqué el vestido transparente;

la fina tela se despedazó en mis manos como papel mientras la desnudaba y la atizaba una y otra vez.

Reinó el silencio, y solo era interrumpido por el sonido de mis firmes nalgadas sobre su culo. No lloró, ni discutió ni pidió clemencia. La aticé hasta que su trasero tenía un color rojo vivo, hasta que escuché lo que quería escuchar.

—Lo siento, Dax. —Su voz era un gemido de arrepentimiento—. No debí haberte mentido. Debí haberte dicho la verdad y confiado en ti para que me ayudases. Lo siento. No quise asustarte. Realmente no lo entendía.

—¿Qué no entendías?

—Lo mucho que... te preocupas por mí.

Tras esas palabras, mi voluntad para continuar con su castigo se desvaneció, y apoyé mi mano sobre su suave piel, acariciándola; necesitaba tocarla, saber que estaba sana y salva y que era mía, mientras ella yacía inmóvil, aceptando mis caricias.

—Eres mi vida, Sarah. Eres mi todo.

Sin ganas de esperar una respuesta a mi confesión, para no sentirme decepcionado por su falta de sentimientos hacia mí, extendí mi mano a mi derecha y encontré la pequeña caja exactamente en donde la había dejado en la cama. Sujetándola con mi mano sobre su espalda baja, saqué el aparato sexual de su sitio y cogí el lubricante que necesitaría para darle placer. Haría que se corriera hasta que no pensara en nadie más, hasta que deseara no tener otra vida. Eventualmente me amaría. Por ahora ella estaba aquí, desnuda. Era mía. Era suficiente.

—No te muevas. —Apenas reconocí el gruñido en mi voz; me di cuenta de que la bestia no aceptaría un rechazo, no esta vez—. Eres mía.

—¿Dax? ¿Qué estás...?

Con una agilidad y precisión nacida de la necesidad,

introduje el lubricante y el tapón dentro de su estrecho culo; la imagen del mango sobresaliendo de su trasero me hizo gruñir de verdad.

—Mía.

Era la única palabra que era capaz de pronunciar en ese momento; mi cabeza estaba repleta de esa palabra, llena de deseos de follarla, de reclamarla, de follarla otra vez. Necesitaba el aroma de su sexo recubriendo mi miembro, necesitaba sus gritos de placer en mis oídos, necesitaba sentir el delicado roce de su sumiso cuerpo en mis manos e impregnar mi aroma en su piel.

—Puedo ser tuya, ¿pero por qué me has metido esa cosa en el culo? —Se revolvió y solo hizo que mi polla se endureciera más.

—Esa *cosa* es para darte placer. Recuerda, mi trabajo es castigarte, pero también darte placer.

Separé sus nalgas, examinando el dispositivo que le daría placer y también los pliegues relucientes y húmedos de su coño rosa. Estaba empapada; aquel aroma llamaba a la bestia que estaba en mi interior, era un aroma que no podía ignorar.

—No necesito que introduzcas algo... *allí*.

Le di una gentil nalgada a su trasero colorado.

—Sí, lo necesitas. La última vez te encantó. Recuerda, somos pareja y sé lo que necesitas. *Necesitas* esto y te lo daré. —Toqué la base del dispositivo y ella jadeó—. Te encantará.

Con un rápido movimiento alcé sus caderas, giré su cuerpo para que su panza tocara la mía, y atraje su sexo hacia mis impacientes labios. Gritó, agitando sus piernas por un momento antes de que sus rodillas se apoyaran en mis hombros, pero ignoré aquel sonido, desesperado por saborearla nuevamente, por follar su centro de placer con mi lengua.

Invadiendo su cuerpo, le di la bienvenida a la transformación que sentía en el mío. Mis células musculares estallaron y se rehicieron, más grandes y fuertes. Mis encías se retrajeron y sentí las afiladas puntas de mis dientes mientras lamía su sexo desde el frente hasta atrás, enroscando mi lengua en su clítoris una y otra vez hasta que sus piernas se contrajeron alrededor de mi rostro y gimoteó, empujándome con sus manos temblorosas.

Lamí su clítoris y lo metí dentro de mi boca, y entonces gruñí con fuerza y en un tono bajo. Con mucha fuerza. Gruñí tan fuerte que sabía que mis vibraciones podrían sentirse al otro extremo del largo vestíbulo, y el eco chocaría contra su clítoris como la explosión de un sónar, llevándola al límite del placer.

Los gritos y gemidos de Sarah me daban placer mientras su sexo palpitaba anunciando su clímax. Metí mi lengua dentro, surfeando las olas de su orgasmo, acariciando sus paredes con fuerza y rapidez, provocándole placer.

Cuando acabó me puse de pie, cogiéndola en brazos y balanceando su cuerpo en círculos hasta que su boca estuvo debajo de la mía y sus pechos contra mi pecho; su estrecho y húmedo coño estaba a centímetros de mi enorme polla.

Ella retrocedió, temblando, y dirigió su mirada hacia mí; comenzando desde el protuberante tamaño de mis hombros, hasta los rasgos alargados que sabía que delineaban mi rostro. Esperé que sintiera miedo, asombro, repulsión. Pero sus ojos simplemente se abrieron y se esforzó por respirar.

—Demonios, Dax, eres ardiente.

—Cuando esta noche acabe, serás mía. Estaremos conectados, emparejados, unidos. La fiebre se habrá ido y todo lo que quedará seremos tú y yo. Serás mía por siempre, Sarah. Jamás te dejaré ir.

Unida a la bestia 183

Sus ojos se encendieron al oír mis palabras posesivas, y vi cómo un escalofrío invadía su cuerpo. Me sacudí con la necesidad de soltar a la bestia. Quizás ella lo percibió, pues alzó su mentón de modo desafiante.

—Hazme tuya, Dax. Todavía te estás conteniendo.

El sudor se deslizó por mi ceja y cayó en su pecho, y me incliné para lamerla, para recorrer el camino que partía desde su escote antes de subir hasta su cuello. Le di un mordisco, sujetándola con mis brazos mientras ella se revolvía para acercarse a mí.

—No quiero lastimarte —admití—. No sé lo que hará la bestia.

Llevaba a la bestia con la rienda corta; estaba tirando de ella y luchando para soltarse, lista para follar mucho.

—Nunca me lastimarías. —Echó su cabeza hacia atrás, dándome... no, dándole a mi bestia el privilegio de ver su cuello expuesto, su confianza.

Sacudí mi cabeza y cerré mis ojos con fuerza. Darle nalgadas era una cosa, pero jamás le había dado rienda suelta a mi bestia.

—No puedes estar segura de eso.

—Dax —susurró, y aguardó a que yo abriera los ojos—. Estoy segura. No me lastimarás. Tu bestia tampoco lo hará. Somos pareja, ¿recuerdas? *Puede* que sepas que realmente me gusta tener un tapón dentro del culo.

Sus mejillas se ruborizaron al confesarlo.

—Pero *sé* que *jamás* me lastimarías. —Tragó, se relamió los labios y continuó—: Lo quiero. Te quiero. Os quiero a los dos. Deja que salga, Dax. Quiero conocer a tu bestia.

Allí acabó todo mi control. Con esas palabras estallé, la bestia se liberó y yo rugí. Mi polla palpitaba y latía, engrosándose aún más, lista para colmarla. Sentí cómo mis músculos cambiaban de forma nuevamente; mi cuerpo se hacía más grande con un dolor agonizante. Mis afilados colmillos pincharon mi labio inferior y podía sentir cómo las curvas y recodos de mis manos cambiaban para poder sujetarla mejor, para mantenerla inmóvil mientras la hacía mía. No podría escapar.

—Dax.

Unos dedos temblorosos recorrieron los toscos extremos de mi rostro, pero la bestia no percibió miedo, lo cual era una bendición. Yo ya no podía darle tranquilidad o apaciguar sus dudas. Mi bestia tenía todo el control ahora y solo tenía una respuesta, ante todo.

—Mía.

Se revolvió en mis brazos, estirándose para besarme.

—Sí. Soy tuya.

La bestia gruñó, pero le gustó su respuesta, así como el suave roce de sus labios contra los míos. Caminé sin decir nada más, llevándola hacia una pared acolchada en donde sabía que podría hacerla mía del modo en que quería sin lastimarla. La bestia siempre follaba de pie, nunca se tumbaba, nunca bajaba la guardia. Así era el estilo de vida atlán, y la habitación estaba preparada para esto.

—Mía.

—Sí.

Su espalda chocó contra la pared y separé sus nalgas, abriendo su húmedo coño y posicionándolo encima de la cabeza de mi pene.

—Mía.

La atravesé contra la pared con una embestida poderosa y rápida. Estaba tan caliente, tan húmeda, tan endemoniadamente estrecha que casi estallaba en su interior; el tapón de su culo rozaba la base de mi polla con cada embestida. Mi existencia se centró en ella: sus ojos, su aroma, sus suaves gemidos y su piel aún más suave. En el húmedo sexo esperando por mi semen.

—Mía.

—Oh, Dios.

Sus palabras no agradaron a mi bestia. *Yo* era su único dios ahora.

—*¡Mía!*

La bestia la embistió con más fuerza, su gruñido era feroz e implacable mientras enterraba mi polla en su sexo lo más profundo posible. Sujetándola con mi cuerpo, alcé sus brazos por encima de su cabeza y fijé las esposas en los cierres magnéticos que estaban sobre ella. Trató de bajar sus brazos y luego jadeó cuando elevé sus piernas, penetrándola una y otra vez, elevando sus caderas hacia la pared con cada embestida.

No cedí cuando sentí su primer orgasmo; la follé con cada vez más fuerza mientras ella gemía y jadeaba ante mí. Podría hacer esto por horas, y lo haría, hasta que mi bestia estuviese satisfecha. La follé con fuerza, sus rodillas apoyadas sobre mis codos para poder separar y abrir bien sus piernas. Con cada embestida de mi polla, sus pechos se sacudían y bailaban exclusivamente para mí. Sus ojos se cerraban, las intensas olas de éxtasis se reflejaban en su rostro mientras se corría de nuevo, mientras su coño apretaba mi miembro como si fuese un torno. Aquella imagen era hipnotizante, y sabía que moriría para protegerla. Mi lealtad solo le pertenecía a ella; no a ningún rey ni a ningún país, ni a un planeta ni a una línea familiar. Le pertenecía a ella. Solo a Sarah.

—*Mía.*

Sarah gritó, dejando escapar su placer nuevamente mientras mi bestia rugía de felicidad. Sería una larga noche, y Sarah amaría cada minuto. Ahora estaríamos realmente conectados, con nuestras almas. La naturaleza se hizo cargo e hizo que nuestro proceso de unión comenzara; el olor de mis feromonas de unión se palpaba en el aire, y acerqué su cabeza a mi piel, asegurándome de que oliera mi aroma, marcando su piel, haciéndola mía al fin. La bestia gruñó conforme cuando ella le dio un mordisco a mi pecho.

11

Con mis brazos fijos sobre mi cabeza y un gigante casi irreconocible follándome, conmigo de espaldas a la pared, un fuerte aroma masculino y almizcleño invadió mis fosas nasales hasta que me embriagué con el aroma de su lujuria, de su piel. Acercó mi cabeza a su pecho y froté mi mejilla contra él, impaciente por deleitarme con mi compañero. Olía mucho mejor que cualquier fragancia que pudiese imaginar. Olía a ferocidad, a dominancia; olía a seguridad y a algo que me pertenecía. Mordí su pecho, lo suficientemente fuerte como para apaciguar mi propia necesidad de marcarlo, de hacerlo mío tal como él me reclamaba a mí. Y demonios, ¡realmente me estaba reclamando!

Al oír su gruñido supe que era mío. Lo *supe*. El hecho de que se hubiese contenido por tanto tiempo era prueba de su fortaleza, incluso de su dominio sobre la bestia oculta, pero ya no más. Era mío. Su *bestia* era mía.

Sí, bestia. En otra ocasión aquella palabra me habría aterrorizado, pues vamos, ¿una bestia? Cuando el gruñido prácticamente me arrancó un orgasmo, supe que la bestia había sido liberada.

Me penetró y me encantó la sensación; me encantó el grueso mástil que ocupaba todo mi espacio, la fuerza sobrehumana que me sujetaba, encadenada, mientras me embestía una y otra vez y cada vez más dentro de mí, hasta que sentí que había llegado hasta mi alma, hasta que supe que jamás lograría sacarlo de allí.

Me había preguntado qué sucedería en este momento. ¿Luciría como un perro rabioso, echando espuma por la boca? ¿Sería como uno de esos cambiaformas sobre los que había leído en mis novelas rosas? ¿Enloquecería y me lastimaría?

Chocó su pelvis contra mi clítoris y gemí con deseo. No. Jamás me lastimaría. La seguridad de aquello floreció en mi pecho, incluso mientras él abría mis piernas y me atravesaba con fuerza y rapidez hasta mi punto más profundo, frotando su piel contra la mía, impregnándome de su aroma. Era mucho más grande ahora; sus músculos casi se salían de su piel. Lucía irreal, como el superhéroe de alguna historieta con músculos prominentes y rasgos marcadamente definidos, como si su rostro también hubiese sido alargado. Sus dientes eran más largos, como los de un depredador puro; era capaz de desgarrar mi garganta tan fácilmente como ahora la saboreaba, con sus labios y lengua explorándome y dándome escalofríos.

Este lado de él lo hacía ver más viril, más masculino, más *Dax* que nunca. La manera en la que me estaba mirando me hacía saber que me quería. Si bien la bestia quería mi cuerpo, también podía ver rastros de Dax; y él *me* quería. Habíamos follado, no, habíamos hecho el amor antes, nos habíamos demostrado cuánto nos necesitábamos con nuestras caricias, con nuestro placer, pero siempre se había contenido; siempre me había ocultado este lado de su naturaleza. Pero ya no más. Ahora tendría lo mejor de ambas caras de Dax. Tendría su lado cuidadoso y delicado, y... también esto, su lado salvaje.

Dax todavía tenía el control, y a pesar de haber atado mis esposas a la pared que estaba sobre mí, dejándome completamente a su merced, no me lastimó; ni siquiera cuando la bestia lo dominó y me reclamó por completo. Aceleró el ritmo y yo grité, moviendo mis caderas al sentirlo. Se hinchó en mi interior y era más grande que nunca. Era tan gruesa y ardiente, una bestia que había invadido mi cuerpo sin merced ni excusas. Moví mis caderas para sentirlo todo dentro de mí. No me lastimaba, pero tuve que morderme el labio para retener el grito que quería escapar de mi garganta mientras me ajustaba a su tamaño adicional, al erótico escozor que vino con su conquista, al dolor de sus fuertes manos sobre mi delicado trasero, que me excitaba y me volvía cada vez más salvaje.

Mi orgasmo recorrió todo mi cuerpo y él aulló mientras llegaba a su propio clímax; su miembro pulsaba y se movía dentro de mí, rebosando mi interior con su caliente semilla. Se detuvo, su respiración estaba entrecortada cuando me sujetó, inmovilizándome, frotando mi piel contra la suya, oliendo mi piel y saboreándome por medio de un beso. Dijo la única cosa que parecía capaz de decir en esta forma, y yo sonreía. *Mía.* Una y otra vez.

—Sí —dije, relamiéndome los labios.

Se echó hacia atrás para mirarme, sus músculos se hicieron más pequeños, su rostro se convirtió en aquel que había comenzado a amar, y mientras tanto él me acariciaba la mejilla con el pulgar y se mantenía inmóvil. Una vena palpitaba en su sien y el sudor corría por un lado de su mejilla mientras su respiración se serenaba, pero no me soltó. No sacó su polla de mí ni colocó mis piernas en el suelo. Me quedé como estaba, inmovilizada en la pared por su polla, atada para su placer mientras sus ojos oscuros recorrían mi rostro y mi cuerpo, inspeccionando cada centímetro.

—¿Estás bien?

—Estoy bien.

No parecía muy convencido, así que añadí:

—Te deseaba, Dax. Deseaba a tu bestia.

Apreté mis paredes internas, envolviéndolo para darle énfasis a lo que acababa de decir; y me quedé sorprendida al descubrir que todavía estaba duro.

Sus ojos se encendieron, entonces, cuando sintió mi gesto íntimo y movió sus caderas, embistiéndome de nuevo mientras yo gemía. A cambio, el gruñó, arremetiendo contra mí de nuevo, reclamando mi boca en un beso que hizo que mi espalda se arqueara en la pared y que mi sexo estuviese ansioso por más.

—¿En verdad estás bien? ¿No te he lastimado? —gruñó.

Tiré de las esposas solo para oírlas agitándose, para recordarme a mí misma que no podía hacer nada que no fuese someterme y dejar que Dax y su bestia hicieran lo que quisiesen conmigo.

—Sí.

Estirando mi cuello, traté de hacer que sus labios conectaran con los míos de nuevo; traté de seducirlo estrujando su miembro otra vez.

Me besó con fuerza.

—¿Quieres más?

—Sí.

—Ruega, Sarah. Di mi nombre. Dilo.

Sus palabras fueron como un látigo, rápido y cortante.

—Dax, por favor —y proseguí, mirándolo a los ojos—: Por favor. Duro. Una y otra vez. Déjate llevar, Dax. Deja salir a la bestia. *Te quiero.*

Me miró una vez más, y finalmente... finalmente cedió del todo. Lo amaba más por la preocupación que sentía por mí, pero era tiempo de que se dejara llevar.

—Sí, sí, creo que sí.

Entonces me tomó, rápida e intensamente. No hubo delicadeza ni ritmo alguno en sus estocadas expertas. Follaba y me follaba a fondo hasta que otro orgasmo derritió mi sexo, haciendo que luchara por tomar una bocanada de aire.

Pensé que había acabado, que seguramente la fiebre habría terminado, pero no. Con sus delicadas manos soltó mis muñecas y me llevó hasta la cama antes de tumbarme sobre mi panza, reacomodándome justo como lo deseaba. Colocó una almohada debajo de mis caderas y acarició mi cabello, apartándolo de mi rostro. No podía moverme, estaba repleta, demasiado saciada para hacer cualquier cosa que no fuese dejar que se saliera con la suya.

—¿Estás lista para seguir, Sarah?

La voz del hombre había vuelto por completo, del amante que yo reconocía, del hombre por quien daría cualquier cosa, por quien moriría para proteger.

—Dax —gemí, imaginándome siendo tomada de nuevo. Otro orgasmo intenso, otra oportunidad para que dominara mi cuerpo y mi espíritu—. Sí.

Con sus enormes manos acarició mis brazos y mis hombros, bajando hasta mi columna vertebral. Y en ese instante deslizó su mano más y más abajo, hasta llegar a mi húmedo coño.

—Vale, Sarah. Te deseo de nuevo. Mi bestia está satisfecha, por ahora. Pero está preocupada de que te hayamos herido.

—Estoy bien.

Acarició mi clítoris y me revolví en la cama, acercándome a su mano mientras hablaba.

—Necesito tomarte de nuevo. ¿Me permitirás hacerlo?

Apreciaba su preocupación, pero a veces a nosotras, las chicas, nos gusta ser acorraladas contra la pared y folladas como si fuésemos las mujeres más hermosas, irresistibles, y deseadas del mundo.

—Dax, tu bestia y tú podéis hacer lo que queráis.

Se rio y entonces se inclinó sobre mí, encendiendo el modo de vibración del tapón anal, tal y como lo había hecho en la primera noche. Gemí con pasión mientras estas sensaciones nuevas y diferentes hacían que mi deseo se encendiese una vez más. Alzó mis caderas de la cama y se posicionó a mis espaldas para arrodillarse entre ellas, colocando mi trasero al aire. Le dio una fuerte nalgada a mi culo, todavía dolorido, y yo jadeé en shock mientras una sensación de calor asomaba en mi interior. Antes de poder reaccionar, atizó mi otra nalga y el calor se extendió hasta mi clítoris. Estaba a punto de rogarle para que me penetrara cuando finalmente me atrajo hacia él y me alzó, subiéndome a sus muslos, mientras clavaba su miembro dentro de mí.

Se movió lentamente, amasando mi culo dolorido, separando los labios de mi sexo y explorando nuestra íntima conexión con sus enormes dedos; su miembro entraba y salía de mi centro de placer, completamente abierto para examinarlo mientras observaba cómo su polla salía y entraba de mi cuerpo. Mi rostro estaba apoyado contra las suaves sábanas, mis muslos estaban totalmente separados, mi culo y mi sexo listos para ser dominados por él... y yo le dejé hacerlo. Me rendí ante él, contenta de ser reclamada. Jamás me había sentido tan poderosa como en aquel momento. Podrían haber pasado cinco minutos o una hora; había perdido la noción del tiempo mientras me embestía con control, voluntariamente, reclamándome de nuevo. Si era la bestia quien me había tomado hacía algunos minutos, entonces era Dax, el hombre, quien lo hacía ahora. Esta era mi pareja, mi compañero. Extendió su mano por debajo de mí para acariciar mi clítoris, colocando el tapón en mi culo al mismo tiempo y follándome con él delicadamente. Sabía lo que quería. Forzaría a mi sensible cuerpo a sentir más placer; él lo exigiría y yo le daría lo que necesitaba.

—Córrete para mí, Sarah. Córrete ahora.

Mi cuerpo respondió en el momento preciso; el orgasmo se adueñó de mi cuerpo mientras débiles gemidos de placer se escapaban de mi garganta. Soltó toda su semilla en mi interior mientras yo me corría, y me sentí como una diosa, una diosa sexual, hermosa y deseada, quien acababa de domesticar a una bestia.

ME DESPERTÉ, encontrándome envuelta en los brazos de Dax; su cuerpo encajaba con el mío —mi espalda descansaba contra su pecho—. Podía sentirlo por completo, sentía cada centímetro de su cuerpo desnudo enrollado sobre mí de manera protectora. Dormía plácidamente, y me sentía como si hubiese conquistado el mundo, feliz porque la bestia en su interior finalmente estaba satisfecha. No solo estábamos emparejados ahora, sino que había un vínculo entre nosotros; su aroma me envolvía, manaba de mi propia piel y me hacía sentir segura, protegida, como si perteneciera a este sitio. Estaba dolorida, entre mis piernas sentía un dolor delicioso. Una bolsa de hielo podría serme útil, pues aunque Dax había sido lo más considerado posible, su miembro era... grande, y no había sido delicado, exactamente.

Sonriendo, volví a repasar los recuerdos de la noche anterior. Había sido dominante, exigente, y no cambiaría eso por nada. Estaba agradecida por el prolongado dolor que sentía, pues impedía que olvidase el poder de Dax, lo salvaje que reinaba en su interior. Vi el destello de una de mis esposas y noté que eran iguales al collar que estaba en mi cuello; entonces suspiré con felicidad, comprendiendo que eran las únicas dos cosas que adornaban mi cuerpo. Subí un brazo para contemplar la esposa. La toqué, sentí el metal cálido y liso, recorrí su relieve con uno de mis dedos y entonces mi mente se llenó de una mezcla de curiosidad. No tenía idea de lo que era: oro, titanio, alguna clase de mineral atlán. Lo estrecho del collar, el cual alguna vez había sido una maldición, ahora era un recordatorio muy obvio de nuestra profunda conexión.

Acaricié el grabado una y otra vez mientras pensaba en la humana incompetente, la guardiana Morda, parecida a un ratón, y en cómo su error me había traído hasta aquí, hasta este éxtasis en brazos de un hombre que amaba. Dax era honorable y valiente, dominante y viril. Era lo suficientemente fuerte como para que yo, por primera vez en mi vida, me sintiera segura apoyándome en un hombre, dependiendo en él para ser consolada, para ser cuidada, para ser amada. Me había convertido en la pareja de un alienígena y estábamos a un trillón de kilómetros de la Tierra, y me sentía más libre que nunca. Libre para ser yo misma, para bailar, admirar y soñar. Libre para enamorarme y dejar de luchar por dinero, respeto y supervivencia. Tantos años de tensión y preocupación se habían esfumado gracias al señor de la guerra atlán que dormía a mi lado.

—Ya puedes quitártelas —murmuró Dax.

Me quedé inmóvil al escuchar sus palabras. No quería quitármelas; me señalaban como su compañera. No quería que nadie tuviese dudas sobre nuestra conexión. Era mío. ¿Había cometido un error? Ahora que su fiebre había desaparecido, ¿estaría pensando en abandonarme? ¿En abandonar nuestra relación? Ahora podría vivir una vida larga y feliz con alguna mujer atlán, sumisa y débil. ¿Había cumplido mi propósito? ¿Era lo único que era para él, un medio para alcanzar un fin que ahora podía ser desechado?

Ese pensamiento fue como un cuchillo que atravesaba mi corazón, y me di cuenta de lo enamorada que estaba. Lo amaba, muy bien, con cada ápice de intensidad y pasión en mi cuerpo. Había dado todo de mí anoche, en cuerpo y alma, y era demasiado tarde para retractarme.

—Date la vuelta, Sarah. Te ayudaré a quitártelas.

—No me había dado cuenta de que habías despertado —comenté, a cambio; alejando mi cabeza para que no pudiese ver el dolor y la inquietud que sus palabras habían causado en mí.

—Mmm. El ritmo de tu respiración ha cambiado. Estás enojada.

Su enorme mano se posó sobre la curva de mi cadera y cintura, como si estuviese acariciando un animal salvaje.

—¿Qué te inquieta?

Le di la espalda, acurrucándome; no estaba segura de lo que vería en su rostro si me daba la vuelta y volvía a sus brazos. No podría soportar el pensamiento de que podría ver en él desinterés o arrepentimiento.

—Nada. Vuelve a dormir.

Podría escaparme si ya no me necesitaba más. Seguramente alguien en la casa principal podría ayudarme a quitarme las esposas. Se las dejaría a su nueva novia atlán, a la mujer silenciosa y serena que realmente quería.

Las delicadas caricias de su mano se convirtieron en un intenso destello de dolor en mi culo, y gimoteé mientras me daba la vuelta para mirarlo.

—Me estás mintiendo de nuevo. Pensé que ya habíamos discutido sobre esto.

Decidida a conservar lo poco de dignidad que me quedaba, contuve las lágrimas que asomaban en mis ojos y analicé su hermoso rostro. Por primera vez desde que le había conocido, se veía realmente relajado; la tranquilidad lo hacía lucir más joven, menos feroz. Una pequeña sonrisa asomó en sus comisuras mientras se inclinaba hacia adelante, besándome una vez con delicadeza antes de volver a su sitio con las cejas alzadas.

—¿Vas a contarme lo que te molesta o vas a necesitar otra nalgada?

—Yo...

—Conozco cada aspecto de ti, Sarah, tanto como tú me conoces a mí. No hay secretos entre compañeros.

Acaricié su mejilla con mi dedo.

—Una mujer debe tener algunos secretos —repliqué.

Puso su mano sobre mi muñeca, directamente sobre la esposa.

—No conmigo. Esta esposa ha cumplido un propósito. Te liberó de la coalición para que pudieras buscar a tu hermano y venir a Atlán conmigo. Nos mantuvo juntos hasta que la fiebre se esfumó, manteniendo a mi bestia bajo control hasta que fue seguro liberarla. Ahora... Ahora no son necesarias.

Entonces fruncí el ceño, sorprendida de que se hubiese referido a mis temores de una manera tan directa.

—¿Estás queriendo decir que ya no me necesitas?

La punzada de dolor en mi corazón se extendió hasta mi garganta y mi cabeza, alojándose detrás de mis ojos y haciendo presión, como si alguien me estrujara sofocante y despiadadamente. Las lágrimas se acumularon en mis ojos y no pude evitar que se desparramaran por mis mejillas.

Dax cambió de posición sobre su almohada y alzó una mano para atrapar una lágrima con la punta de su dedo.

—Mujer, en verdad estás loca. He pronunciado las mismas palabras una y otra, y otra vez. Eres mi compañera. Mía. ¿Cuántas veces lo dije anoche? Tú. Eres. Mía. No estoy renunciando a ti. No te estoy dejando ir. No me importa si usas las esposas o no, eres mía. Siempre serás mía. Me he enamorado de ti. No dejaré que te libres de mí.

—Entonces por qué... ¿por qué quieres que me las quite?

Envolvió su enorme mano alrededor de las esposas y las atrajo hacia sí, posándolas sobre su corazón.

—Quiero que te quedes a mi lado porque así lo quieres, no porque las esposas te lo exijan.

Mi gran bestia endurecida por las batallas. Puse mis manos sobre su definida mandíbula y sonreí, dejando que todo el amor que sentía por él brillase en mis ojos.

—Te amo, Dax. No sé cómo es posible después de tan poco tiempo, pero lo hago. Te amo. Y después de lo que hemos hecho anoche, creo que no debes preocuparte porque me vaya demasiado lejos. Querré que tu bestia me tome de nuevo... pronto.

Posando su mano en la parte de atrás de mi cabeza, me besó suavemente, como si tuviera horas. Cuando finalmente se apartó, había una chispa en sus ojos que jamás había visto antes.

—¿Solo me quieres por mi polla, entonces? —Se burló.

—Mmm. Definitivamente. Quiero todo de ti. —Me

tragué mi orgullo y mi miedo, y le dije exactamente lo que quería—. Y quiero conservar las esposas.

Sus ojos se abrieron con sorpresa.

—Eso significa que nunca podrás estar lejos de mí, no podrás ir a por aventuras salvajes. Tendrás que estar a mi lado, siempre cerca.

Me encogí de hombros, intentando actuar casual cuando lo que describió sonó celestial a mis oídos.

—¿No es eso lo que las parejas atlanes normalmente hacen?

Él asintió.

—Sí, pero no me atrevía a esperar que estuvieses de acuerdo con algo semejante.

—¿No me quieres cerca de ti?

—Siempre.

Aquella palabra fue una promesa, y la sinceridad que escondía esa única palabra me asombró tanto que unas lágrimas se escaparon de mis ojos, pero por una razón totalmente diferente.

Recorrí sus labios con mis dedos, provocándolo a mi modo en un vano intento de esconder lo mucho que me había afectado su promesa.

—No querríamos que esa enorme y malvada bestia saliera a jugar sin que yo estuviera en los alrededores.

Me dio la vuelta y yo me quedé allí, tumbada, feliz de abrir mis piernas para él, para la calidez de su miembro. Me chocó contra la cama, deslizando su duro mástil dentro de mi recién excitado cuerpo, y así cobré vida, caliente, húmeda y lista para él. Enterrándose en lo más profundo de mí, se apoyó en sus antebrazos para que lo único que pudiera ver fuese su rostro y sus oscuros ojos mientras me llenaba, moviéndose dentro de mí, mientras me hacía suspirar con placer, mientras me hacía envolver mis manos alrededor de su cuello y mis piernas alrededor de su cintura, atrayéndolo hacia mí.

—Dax, me temo que esa bestia tuya tiene un terrible problema. Necesita ser domesticada.

Dax inclinó su cabeza y me besó como si fuese lo más valioso en su mundo; y cuando dijo sus siguientes palabras, le creí.

—No, compañera; ya nos has domesticado a los dos.

¡Continúa leyendo de la siguiente aventura de Novias Interestelares - Tomada por sus compañeros!

Tras haber caído en una trampa y ser acusada de un crimen que no cometió, Jessica se ofrece voluntariamente para participar en el Programa de Novias Interestelares con el fin de evitar una larga condena en prisión. La asignan a un príncipe, el heredero al trono del poderoso planeta Prillon, pero su futuro se vuelve incierto cuando el rey de Prillon rechaza la unión.

Cuando su propio padre intenta desterrarlo y negarle su derecho a una compañera, el príncipe Nial se toma la justicia por sus propias manos. Acompañado por un guerrero habituado al combate, quien se ofrece para ser su segundo, parte hacia la Tierra para tomar lo que es suyo, pero al momento de su llegada descubrirá rápidamente que los mismos enemigos atroces que lo habían tomado como prisionero ahora están tras su compañera también.

Aunque creer que ha sido rechazada por un compañero que ni siquiera ha conocido duele más de lo que le gustaría admitir, Jessica hace lo posible para centrarse en la peligrosa tarea de desenmascarar a las personas que la incriminaron. Pero, al poco tiempo, su mundo se vuelve nuevamente del revés cuando dos alienígenas enormes y guapos salvan su vida y le informan que es su compañera asignada y que han venido a la Tierra para reclamarla.

Jessica está lejos de someterse como una sumisa, aunque pronto aprende que sus nuevos compañeros esperan que se les obedezca, y que la rebeldía tendrá como consecuencia unos azotes dolorosos y vergonzosos en su trasero. A pesar de su furia al ser tratada de tal manera, no puede esconder su excitación mientras es desnudada y vencida por los feroces y dominantes guerreros. Pero cuando el príncipe Nial es obligado a defender su derecho por nacimiento, ¿hará Jessica lo que debe hacerse para ayudarlo, incluso si eso significa permitir que todo su mundo sea testigo mientras es tomada por sus compañeros?

¡Continúa leyendo de la siguiente aventura de Novias Interestelares - Tomada por sus compañeros!

ESPAÑOL – LIBROS DE GRACE GOODWIN

Programa de Novias Interestelares®

Dominada por sus compañeros

Pareja asignada

Reclamada por sus parejas

Unida a los guerreros

Unida a la bestia

Tomada por sus compañeros

Domada por la bestia

Unida a los Viken

El bebé secreto de su compañera

Fiebre de apareamiento

Sus compañeros de Viken

Programa de Novias Interestelares® : La Colonia

Rendida ante los Ciborgs

Unida a los Ciborgs

Seducción Ciborg

¡Más libros próximamente!

INGLÉS – LIBROS DE GRACE GOODWIN

Interstellar Brides® Program

Assigned a Mate

Mated to the Warriors

Claimed by Her Mates

Taken by Her Mates

Mated to the Beast

Mastered by Her Mates

Tamed by the Beast

Mated to the Vikens

Her Mate's Secret Baby

Mating Fever

Her Viken Mates

Fighting For Their Mate

Her Rogue Mates

Claimed By The Vikens

The Commanders' Mate

Matched and Mated

Hunted

Viken Command

The Rebel and the Rogue

Interstellar Brides® Program: The Colony

Surrender to the Cyborgs

Mated to the Cyborgs

Cyborg Seduction

Her Cyborg Beast

Cyborg Fever

Rogue Cyborg

Cyborg's Secret Baby

Her Cyborg Warriors

Interstellar Brides® Program: The Virgins

The Alien's Mate

His Virgin Mate

Claiming His Virgin

His Virgin Bride

His Virgin Princess

Interstellar Brides® Program: Ascension Saga

Ascension Saga, book 1

Ascension Saga, book 2

Ascension Saga, book 3

Trinity: Ascension Saga - Volume 1

Ascension Saga, book 4

Ascension Saga, book 5

Ascension Saga, book 6

Faith: Ascension Saga - Volume 2

Ascension Saga, book 7

Ascension Saga, book 8

Ascension Saga, book 9

Destiny: Ascension Saga - Volume 3

Other Books

Their Conquered Bride

Wild Wolf Claiming: A Howl's Romance

BOLETÍN DE NOTICIAS EN ESPAÑOL

FORMA PARTE DE MI LISTA DE ENVÍO PARA SER DE LOS PRIMEROS EN SABER SOBRE NUEVAS ENTREGAS, LIBROS GRATUITOS, PRECIOS ESPECIALES, Y OTROS REGALOS DE NUESTROS AUTORES.

http://ksapublishers.com/s/c5

CONÉCTATE CON GRACE

Puedes mantenerte en contacto con Grace Goodwin a través de su sitio web, su página de Facebook, Twitter, y en Goodreads, por medio de los siguientes enlaces:

Newsletter:
http://bit.ly/GraceGoodwin

Sitio web:
https://gracegoodwin.com

Facebook:
https://www.facebook.com/profile.php?id=100011365683986

Twitter:
https://twitter.com/luvgracegoodwin

Goodreads:

https://www.goodreads.com/author/show/15037285.Grace_Goodwin

SOBRE GRACE GOODWIN

Grace Goodwin es una escritora reconocida por USA Today por sus libros de superventa internacional de ciencia ficción y romance paranormal. Los títulos de Grace están disponibles en todo el mundo en varios idiomas, en formato de libro electrónico, impreso, audiolibro y apps. Dos mejores amigas, una en quien predomina el lado izquierdo del cerebro y otra donde lo hace el lado derecho, forman el galardonado dúo de escritoras que es Grace Goodwin. Ambas son madres, entusiastas de los juegos de escape, ávidas lectoras e intrépidas defensoras de sus bebidas preferidas (puede o no haber una guerra continua de té y café durante sus comunicaciones diarias). Grace ama saber sobre sus lectores.

www.ingramcontent.com/pod-product-compliance
Lightning Source LLC
LaVergne TN
LVHW012101070526
838200LV00074BA/3852